大展好書 好書大展

大展好書 好書大展

精選系列 16

中國分裂

新·中國-日本戰爭(四)

森詠/著
林雅倩/譯

大展出版社有限公司
DAH-JAAN PUBLISHING CO., LTD.

目錄

●主要登場人物●

日本

〈**北鄉家**〉

北鄉正生　父　外務省顧問　退休　擔任財團法人國際開發中心理事

美智子　母

譽　外務省北京日本大使館一等書記官（N機構情報員）

涉　海幕幕僚　三佐

勝　自由譯員　曾到上海大學留學

弓　希望成爲畫家　在北京大學文學部學習比較文學科留學中

〈**政治家、官僚**〉

濱崎茂　首相

北山誠　內閣官房長官

青木哲也　外相

栗林勇　防衛廳長官

葛井護　法相

川島弘一　通產相
向井原一進　內閣安全保障室長　前統幕議長（N機構局長）
重田元介　聯合國大使

〈自衛隊〉

大門博　一等海佐　旗艦護衛艦DDG「金剛號」艦長

中國

〈劉家（客家）〉

劉達峰　祖父　八路軍上校
劉大江　父　人民解放軍海軍少將　海軍參謀長
玉生　妻
小新　長男　人民解放軍陸軍中校
曉文　長女　事務員
汝雄　次男
劉重遠　劉小新的叔父　香港實業家
進　留學於北京大學

〈**中國共產黨、政府**〉
江澤民　國家主席、總書記、中央軍事委員會主席
喬　石　全人代委員長
〈**總參謀部作戰本部（民族統一救國將校團）**〉
秦　平　陸軍中將　總參謀部作戰部長　新黨政治局員　軍事委員會秘書長
楊世明　總參謀部作戰室長
賀　堅　陸軍上校
汪　石　陸軍上校
周志忠　海軍上校
張國偉　第二砲兵司令官
〈**廣東軍（第四二集團軍）**〉
徐有欽　陸軍中將
白治國　陸軍少將
王　捷　陸軍准將
崔　南　陸軍准將
孫光覽　陸軍上校

遲勃興　陸軍上校
姚克强　陸軍上校
胡　英　陸軍中尉
鍾　揚　空軍少尉

（第四一集團軍）

阮德有　陸軍中尉
任維鎮　陸軍少尉

〈廣東政府〉

葉選平　廣東省的實力者
趙紫陽　廣東省的實力者
朱森林　廣東省委員長
謝　非　廣東省委員會書記

〈南海艦隊〉

劉華清　中央軍事委員會副主席　海軍上將
游達人　南海艦隊司令官
袁耀文　南海艦隊第七護衛艦隊司令　海軍上校

梁家正　南海艦隊司令官　海軍少將

彭炳　驅逐艦「重慶」艦隊　海軍上校

〈其他〉

于正剛　廣州人　前爲軍人，現在是實業家（暗地裡從事走私生意）

趙忠誠　汽車解體工廠廠長　上海游擊隊長

莊榮宏　五羊投資總公司集團總裁

郭英東　福建軍參謀

王蘭　王中林的女兒　暱稱小蘭

臺灣

李登輝　總統　國民黨

呂玄　行政院院長

薛德餘　外交部長

謝毅　國防部長　軍政

朱孝武　參謀總長　軍令

錢建華　負責安全保障問題輔佐官

袁元敏　國民黨顧問　是長老級人物

〈劉家（客家）〉

劉仲明　中華民國軍准將　劉小新的叔父

美國

懷德辛・普森　總統　共和黨

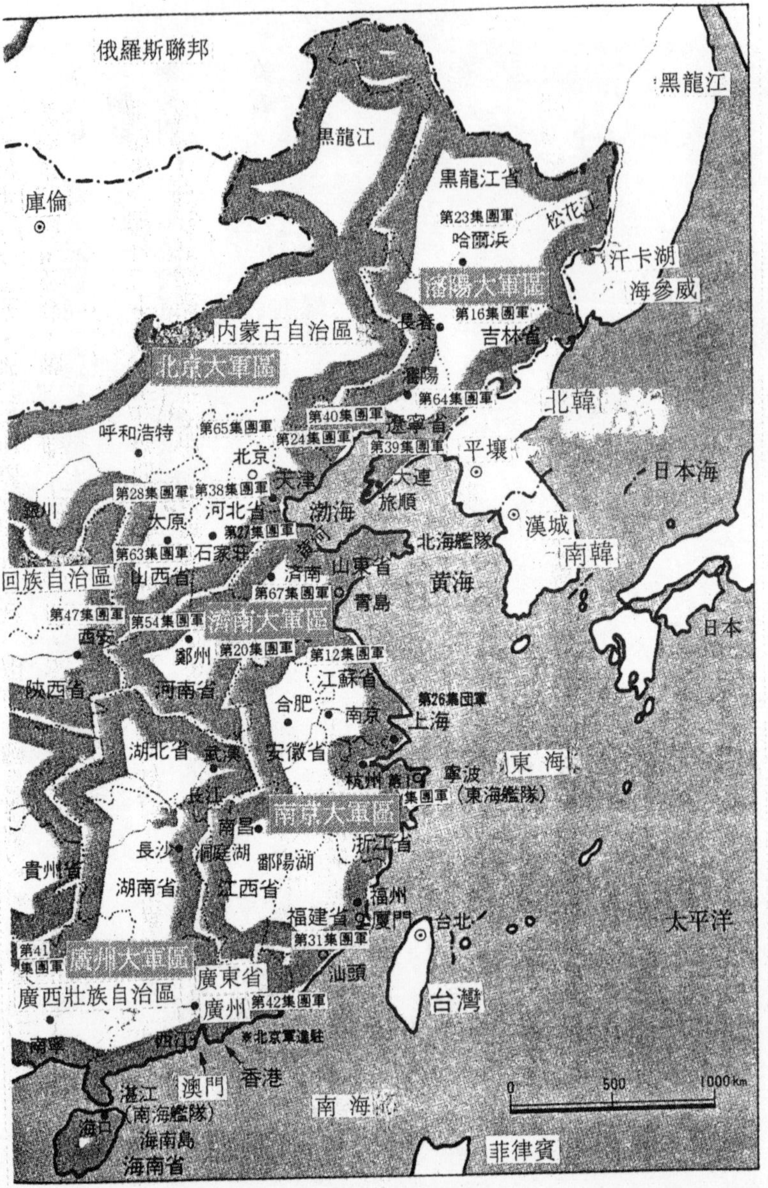
俄羅斯聯邦
黑龍江
黑龍江
黑龍江省
庫倫
第23集團軍
松花江
哈爾浜
汗卡湖
瀋陽大軍區
海參威
第16集團軍
長春
吉林省
內蒙古自治區
北京大軍區
瀋陽
第64集團軍
北韓
第40集團軍
遼寧省
呼和浩特
第65集團軍
第24集團軍
第39集團軍
平壤
北京
天津
大連
日本海
第28集團軍
第38集團軍
旅順
銀川
河北省
渤海
漢城
太原
第27集團軍
黃河
北海艦隊
南韓
第63集團軍
石家莊
回族自治區
山西省
濟南
山東省
黃海
第67集團軍
青島
第47集團軍
第54集團軍
濟南大軍區
日本
西安
鄭州
第20集團軍
第12集團軍
江蘇省
陝西省
河南省
第26集團軍
合肥
南京
上海
湖北省
武漢
安徽省
東海
杭州
寧波
集團軍
(東海艦隊)
長江
南京大軍區
南昌
浙江省
長沙
洞庭湖
鄱陽湖
貴州省
湖南省
江西省
福州
福建省
廈門
台北
太平洋
第41集團軍
廣州大軍區
第31集團軍
汕頭
廣東省
台灣
廣西壯族自治區
第42集團軍
廣州
南寧
西江
※北京軍進駐
澳門
香港
湛江
(南海艦隊)
0
500
1000 km
南海
海口
海南島
海南省
菲律賓

中國全圖與大軍區
貝加爾湖
哈撒克
塞桑湖
巴爾邦湖
蒙古
吉爾吉斯
烏魯木斉
依希克克里湖
新疆維吾爾自治區
巴基
斯坦
蘭州大軍區
青海湖
西寧
第21集團軍
青海省
蘭州
瀾滄江
甘肅省
西藏自治區
四川省
第13集團軍
尼泊爾
拉薩
怒江
加德滿斯
成都
汀布布坦
金沙江
成都大軍區
印度
邦格拉迪休
雲南省
昆明
第14集團軍
達卡
緬甸
越南
河內
湄公河
班加爾灣
達爾溫江
泰國
寮國
紅河

第一章　海峽決戰開始

1

廣州市　七月十八日　下午三點

從關西機場出發的廣州直航班機ＪＡＳ的噴射客機Ａ三〇〇—六〇〇，在滑行跑道著陸時，北鄉瞥看著在耀眼陽光下籠罩的機場。

塗著迷彩圖案的中國軍用機，停放在停機坪以及滑行跑道的角落。ＪＡＳ機場告知大家著陸時絕對不可以使用照相機拍照，其理由是機場屬於軍事用地。廣州機場也可以當做軍用機場，其中一部分的設施轉爲民間機場使用。

北鄉注視著排列的戰鬥機和攻擊機的機種、機體上所印的編號和文字。

並没有發現Ｓｕ—27或ＭｉＧ—29、殲擊—9等新機型。在廣州市近郊有兩個正規的空軍基地，可能是將那兒無法容納下的飛機擺在廣州國際機場吧！

在民航機起降的空檔，戰鬥機和運輸機不停地起飛。運輸機是舊蘇聯製的幻像運輸機，及安特諾夫運輸機的模仿機種。在機場有戴著鋼盔、穿著卡其色戰鬥服的士兵，正鑽進打開後門的運輸機內。

中國已經處於戰鬥狀態下。即使在JAS機停放的停機坪，還有利用突擊槍AKS—47武裝的警備兵在嚴密地警戒中。

JAS機在規定的停機坪停下，機內的客人陸續站起離開。由於政府發出了觀光自肅的通告，因此只有不得不前來出差或者是做生意的人才會搭飛機到廣州，所以機艙內的人非常地少。商務艙和頭等艙只有十幾名乘客，大部分都是日本的生意人。

在和平時代充滿著許多日本觀光客的經濟艙，現在只有從日本被召喚回國的外出中國勞動者以及留學生搭乘，因此比商務艙的人更少。

北鄉譽拿著公事包，走下飛機的舷梯。

好熱啊！真是太熱了！好像進入三溫暖一樣。帶著濕氣的暑熱黏著肌膚。溫度計上顯示的溫度已經到達三十五、六度了。熱氣使得襯衫下的背部及腋下冒汗。北鄉戴好太陽眼鏡，額頭上滲出大顆大顆的汗水。真想趕緊躲到陰涼處。

在舷梯下，暑熱的陽光中，幾位眼光銳利，一看就知道是屬於國家安全人員，穿著短袖的男子們，注視著每一位走下舷梯的乘客。國家安全人員要求外國乘客當場拿出護照來。

國家安全部與公安部不同，是在一九八三年新設的秘密公安機構，兼具美國CI

A（中央情報局）和FBI（聯邦調查局）的權限與機能。

輪到北鄉了。北鄉把護照交給國家安全人員。安全人員看著北鄉，和護照上的照片對照。打開公用簽證那一頁，看了看並點點頭，什麼也沒說，就把護照還給北鄉了。

北鄉穿過他們的身邊，鑽進機場移動用的小巴士中。巴士中因爲冷氣而非常涼爽，與外面的熱氣完全相反。先前流出的汗水全都乾了，現在反而覺得有一點涼。巴士等到商務艙的乘客全部都上車之後，朝向機場大廳飛馳而去。

在機場大廳辦理入關通關的手續，離開暑熱的大廳時，已經花了將近兩小時。出口處來迎接他的總領事館員，白户三等理事官在等著他。

「書記官，辛苦了。花了這麼多時間才出來，很熱吧！」

「沒什麼！真不希望在這種炎夏來到廣州。」

「今年特別熱呢！所以軍隊們在暑熱的中午都停止戰爭，暫時休息呢！」

白户理事官露出笑容。從自己駐北京時代就已經認識白户。白户是在香港當地雇用的職員，精通廣東話和福建話。

「你不是沒有午睡的時間嗎？」

「沒什麼關係。」

白户擦著汗，臉上一邊露出微笑，拿起北鄉的行李先走一步。

大廳擠滿了前來迎接的人及等待出發的人。而到處都可以看到穿著公安制服的警官，毫不鬆懈地看著乘客。

「看來，國家安全部的人在監視著我們呢！」

白户小聲對北鄉說。

「監視著我們嗎？在這種大熱天裡真是辛苦了。在哪裡？」

「在擁擠的人群中看著我們。有二個人或三個人，不，也許更多呢！」

北鄉看著背後，但是卻沒有看到可疑的男子。對方畢竟是專業人員，自己是外行人，當然察覺不到他們的存在。

「不要管他，我們走吧！這也是他們的工作呢！」

白户笑著，把北鄉請到大廈的建築物外。那兒停著一輛深藍色的外交官用的車子。中國駕駛走出來，打開後面的行李箱，放入北鄉的行李。

車內非常地涼爽，甚至令人感到有點寒冷。不過，與外面的暑熱相比，真的好像天堂一樣，非常舒適。

北鄉和白户坐在後座，車子排出白色的煙，慢慢地朝道路駛去。路上看到很多騎著自行車的人。駕駛拼命地按著喇叭，避開自行車的波濤。北鄉從車子的後窗看著外面的情形。原本停在後面的黑色賓士轎車也發動了。白户笑著聳聳肩。

車子以相當快的速度在車道上奔馳。黑色賓士轎車也保持同樣的速度，以一定的間隔隨行。

「我有重要的事情要和你討論，在車上就安心了。」

白户笑著説。北鄉用眼睛看著駕駛的背後。

「他是值得信賴的人，不用擔心。」

「那就説吧！」

北鄉似乎覺得坐得很不舒服，因此，在後座座位上挪移了位置。

「我拜託你的事情怎麼樣了？」

「OK了！對方説今晚想和你會面。」

「到底是誰啊？」

「五羊投資總公司集團的總裁，莊榮宏先生。」

「好。」

北鄉點點頭。

五羊投資總公司集團是在廣州市及深圳經濟特區、珠海經濟特區急速成長的廣東資本集團。「五羊」的名稱是來自昔日五位仙人帶著五隻羊出現在廣州，並居住在廣州的傳說。五隻羊口中各自叼著五種穀穗。正如先人們的預言，廣州成爲農業及經濟繁榮之地。

五羊投資總公司是在廣州創設的半官方、半民間的投資企業，後來完全民營化。五羊投資總公司以廣州銀行爲後盾，聚集持股企業，創設巨大的企業集團五羊集團。五羊投資總公司現在在金融、不動産、造船、運輸、開發、機械工業、重化學工業、電氣、建設等各方面都建立了事業，將重要的企業都納於傘下。

五羊集團急速成長的背後，據說是由廣東軍的首腦及廣東省的實力者葉姓一族支持。莊榮宏是率領這個企業集團的最高領導者。

「真想立刻見到他。關於這位莊先生，我希望得到他一些情報。什麼都可以。」

「莊先生七十二歲。以前是人民解放軍第四野戰軍的政治委員。是實權派劉小奇的心腹，文革時代失勢，在鄉下銷聲匿跡。後來聽說逃亡到香港。」

「哦！逃到香港嗎？」

「是的。因此，莊先生在香港也有很强的後臺。而且，因爲被中央流放好幾次，所以對於北京産生一種根深蒂固的反感。關於莊先生的私生活目前不得而知，如果不調查的話，就無法瞭解了。」

「趕緊調查莊先生的周邊情形，交友關係和背後的人脈、敵對者、興趣和病歷等等。」

「知道了。」

白户點點頭。北鄉望著廣州的街景並説道：

「關於最新的華南動向，有没有正確的情報？」

「準備好了。」

白户打開公事包，將文件交給北鄉。北鄉看著文件。

文件中夾著幾張報告書的影印紙。表面上都印著「秘密」、「極密」、「絶密」等文字，似乎是給與北京黨中央的報告書。每一份文書資料，都是由廣東省公安部作成的。

一份是關於廣東省最近政治經濟動向的報告，另外一份是最近軍隊配置的情報，最後一份是廣東省實際上的支配者葉選平，以及躲在廣東省的楊尚昆、楊白冰等軍事長老最近的言行舉止。

北鄉打算到領事館之後再仔細看文件，所以先把它放入自己的公事包中。

車子從解放北路通過廣州車站附近，左轉到高架橋下的環市中路。上了高架橋後向東行駛，大部分的車輛都是運送軍事物資的卡車。從高架橋上看廣州市内，可能是因爲强烈陽光照射的緣故吧！看起來白色灰蒙蒙的一片。市内各處都有高樓大廈林立，頭上有幾架噴射機在飛行。

不久之後，車子進入日本總領事館所在地的環市東路。右手邊可以看到總領事館所在地的花園大廈。

2

雖然到了夜晚，但是白天的熱氣還籠罩著廣州的街頭，是華南特有的黏濕熱帶夜。但是，白天没有的微風卻慢慢地吹來，似乎較容易渡過了。

車子進入解放北路，到達越秀公園的入口。

「就在這兒停車吧！」

白户命令駕駛。駕駛回答之後，將車子停在路邊。濃郁茂密的樹林將樹枝伸到道路上。

「待會我會打電話給你，你再來接我們。」

白户對駕駛説完後下車。北鄉在白户的催促之下，走下車子。許多人趁著傍晚較涼爽時在公園中散步，白户好像引導北鄉似地默默地走在前頭。

白户進入五羊石像前的廣場。廣場中一片黑鴉鴉的人群。在陰暗的街燈下，聽到錄音帶傳出有節奏的舞蹈音樂，男男女女快樂地手牽手跳舞，有年輕的男女朋友，也有年長的夫妻們。

「哦！在這種非常時期，人民還這麼悠閒啊！」

北鄉看著衆人並對白户説道。

「這就是中國人奧妙之處。也許可以説是廣東人樂天派的性格吧！」

「看起來沒有戰爭前夕的氣氛。」

「不，僅止於此而已。人民對於戰爭的氣息非常敏感。一部分都是購買食物的生意人。像這樣的人都已經有半放棄的心態，但是還是想要享受戰爭前的和平吧！」

「原來如此。」

白户抓著北鄉的手臂，走入人群中。這是甩掉跟蹤者的絶佳機會。

穿過人群，隱藏在公園的樹林中，然後再回到路上。先前一直跟隨在後的跟蹤者已經不見了。再從行人較多的道路走向狹窄的小巷，穿過小巷後，白户總算放開北鄉的手臂，完全甩開跟蹤者。

白户終於在一棟建築物前停下，是一棟被蒼鬱的樹木圍繞著的古老洋房。關閉的鐵門外有穿著制服的警備兵站崗。北鄉想這應該是一個軍事設施吧！白户按下門柱的內部對講機按鈕，用廣東話說了幾句話，並且聽到了回答。

警備兵打開了通用口的門，白户及北鄉在警備兵的催促之下進入門中。在警衛兵的帶領下，北鄉等人走向住宅的玄關。玄關的門打開了，一位身材壯碩，穿著西裝的男子出現。男子很有禮貌地向北鄉等人打招呼，請他們進入住宅內。

住宅內一片寂靜，與外面不同的是住宅內的空氣非常寒冷。原本被汗打濕的身體，霎時變得冰涼。

兩個人被帶到廣大的接待室。正面的裝飾架上掛著毛澤東的大肖像畫。北鄉坐在長長的沙發上，看著天花板垂掛下來的吊燈以及室內的擺設。感覺好像已經發霉了，可能是因爲長時間没有使用吧！身材矮小的年輕女孩持捧著茶具出現，擺在北鄉等人面前的桌上，和來時同樣地靜靜離去。

終於與隔壁房間互通的門朝兩側打開，先前的護衛陪伴著一位氣派的老人出現，穿著英國式西裝。

「讓你們久等了。書記官閣下，特地請你們到此真是不好意思。我就是莊榮宏。」

男子用北京話說道，同時笑著，伸出厚厚的手。北鄉站起來，握住莊的手。莊和白户用廣東話交談，互相握手。

「北鄉先生，請坐。」

莊請北鄉等人坐下，自己也坐在沙發上。護衛男子在莊的示意之下，消失在門後。

「廣州如何啊！和東京相比很悶熱吧！」

「真的是非常地熱，和北京也有極大的不同。」

北鄉和對方討論天氣，想要藉此探查對方的出處。而莊則用廣東話和白户交談。

「很好，白户先生會説北京話，我們就説北京話吧！」

莊請北鄉等人喝桌上的茶，自己也喝了一口茶潤喉。

「莊先生，我想請教您的意見。」

「哦！」

「廣東省已經決定獨立了嗎？」

莊好像很驚訝的樣子，看著北鄉。

「真是單刀直入的問題，畢竟你是日本人。這麼快就下結論了。」

「不可以嗎？」

「不。真是直率的人，我很喜歡，很有趣。與其繞著圈子打轉，還不如坦白説好。我也坦白地回答你好了！」

莊探出身子時，不斷地笑著說道。

「答案是NO。」

「真的不獨立嗎？」

「太勉强了。光靠一個廣東省怎麼可能分離獨立呢？是不可能的。」

莊微笑著，頭朝著左右搖晃了一下。北鄉注意到莊說的「光是一個廣東省」這句話。

「不光是廣東省，具有同樣利害關係的福建省和廣西省的華南地區不也準備獨立嗎？廣州軍管區擁有深圳經濟特區以及珠海經濟特區，而且還將香港、澳門納入掌中，是富裕地區。而擁有廈門經濟特區的福建省以及擁有海南島經濟特區的海南省，如果能夠互相會合的話，華南就會形成一大經濟圈。以這種經濟力爲背景，華南地區應該有分離獨立的可能性吧？」

莊又笑著搖搖頭。

「目前我不得不回答你，答案是NO。」

「你說目前，是什麼意思啊？」

「請用常識來考慮一下。如果廣東省和福建省，甚至加上廣西省和海南省等華南地區想要脫離中央，無可避免地會和中央發生全面性的戰爭。可是，請比較一下軍事力。廣州軍管區只有第四十一、第四十二的兩個集團軍、七個師團。加上福建省的第三十一集團軍的四個師團，全部爲三個集團軍十一個師團。

而北京軍管區有六個集團軍、二十五個師團。而且其中第三十八軍是中國最强的現代機械化部隊。北京方面擁有戰略預備的濟南軍管區的四個集團軍和一個空挺軍的十九師團。就算失去福建軍，南京軍管區還有二個集團軍的八個師團，這些都是必須要應付的對手。

而且，與北京相鄰的瀋陽軍管區有五個集團軍、十九師團。此外，與廣州軍管區西北相鄰的成都軍管區，有二個集團軍、八個師團。蘭州軍管區也有二個集團軍、十三師團。

總計有二十一個集團軍、一個空挺軍、九十二個師團。僅以三個集團軍、十一個師團就想對付他們，你覺得有戰勝的把握嗎？」

「但是，他們應該不會全部都依附北京吧？」

莊笑著拍拍臉頰說道：

「北鄉先生，你認爲我們真的希望與北京作戰嗎？假設華南要分離獨立的話，到底需要哪些條件呢？至少需要三項條件。」

莊臉上的笑容消失，正經八百地看著北鄉。

「需要哪些條件呢？」

「第一個條件就是貴國是否會幫助華南方面參戰，或者是貴國是否會以軍事支援。」

北鄉頓時語塞。我國會與中國作戰嗎？這是不可能的事態，不可能。

「怎麼樣？貴國是否準備好與北京政府全面對決呢？或者是決定軍事對決呢？」

莊繼續問道，而北鄉搖搖頭。

「不可能。我國依據憲法已經放棄了交戰權。尤其全體國民的意志是不可能與中國再發動戰爭。不戰的宣誓是國民永久不變的意志。」

「是嗎？」

莊看著北鄉。北鄉繼續說道：

「但是，雖然我們不會與中國戰爭，可是會在經濟方面支援你們也不一定。」

莊平靜地笑道：

「不，不。貴國一定不會對我們進行軍事支援的。難道貴國已經決定要與中國斷交？你覺得能辦到嗎？」

北鄉雖然想反駁，但是卻無言以對。的確，日本不可能公然支援華南到與中國斷交的地步。但是，如果偷偷地進行經濟支援，卻是可能的。如果對於中國民主化有幫助的話，日本也會進行這種秘密外交。

「第二的條件呢？」

「美國是否會支援我們，進行軍事介入？如果辦不到的話，是否能夠進行軍事支援？」

北鄉考慮了一會兒。

「即使是軍事介入，對於美國而言也很困難，我想是不可能的。不過，關於軍事支援方面，還是有可能的……。那麼，第三個條件是什麼呢？」

「臺灣與我們攜手合作，決定與北京作戰。」

北鄉與白户面面相對，莊繼續說道：

「臺灣的陸海空三軍的近代化軍事力，再加上我們的力量，就足以和北京對抗。」

莊笑著看著北鄉。

「如果以上的條件都可以實現的話，則我們立刻就可以宣布華南共和國獨立。」

北鄉嘆息地說道：

「不管是哪一個條件都很難達成。最有可能性的就是第三個條件。但是，臺灣目前已經在戰爭狀態下，不可能與你們締結和平條約，支援你們。」

「是嗎？」

莊露出頑皮的表情，側著頭。

「你想北京方面爲什麼要與臺灣作戰呢？如果北京真的冷靜地比較兩岸的戰力的話，應該不會發動戰爭才對。以常識來看，中國軍隊不具有近代戰役中的渡洋攻擊力，大部分的裝備都是第一代、第二代的老舊裝備。但是臺灣軍的裝備方面，質和量都比中國軍隊略勝一籌。北京不是笨蛋，他們也瞭解近代戰的常識。如果用正攻法想要進攻臺灣本島的話，必須要付出極大的代價，遭受沉痛的打擊。但是，北京方面仍然決定對臺灣發動戰爭，你知道爲什麼嗎？」

「不能坐視臺灣獨立不顧啊！如果拱手默認臺灣獨立的話，使其脫離多民族國家的範疇，則各地、各民族同樣主張分離獨立，中國不就七零八落了嗎？與其如此，還不如抱持著戰爭會失敗的打算，而選擇作戰之路。我的想法有錯嗎？」

「大部分的理由是對的。北京方面爲了要顧全面子，必須要選擇戰爭之路。但是北鄉先生，你忽略了另外一半的理由。他們不單是因爲要阻止臺灣獨立而開始戰爭，而是因爲有另外的目的才開始與臺灣的戰爭。」

「另外一個目的是什麼呢？」

「就是想要擊潰我們分離、獨立的意志。」

「真的嗎？」

北鄉驚訝地看著莊。

「阻止臺灣獨立事實上只是附帶目的，不是北京真正的目的。包括你們在內，全世界對於這一次臺海兩岸的戰爭，都認爲是臺灣與中國的戰爭。但是，北京的目標與其說是阻止臺灣獨立，還不如說是警戒我們華南分離、獨立的動向。因此，暗中的目的是想要藉著與臺灣的戰爭，而挫敗我們的獨立意志。」

北鄉好像難以置信似地看著白户，白户點點頭。

「事實上，我還沒有向北鄉先生報告，福建軍的動向很奇怪。雖然北京方面下達進攻臺灣的作戰命令，但是有的部隊卻抗命。這可能與先前莊先生的談話有關。最近，福建軍與廣東軍的關係非常地密切。」

白户好像在對莊說明什麼似的，莊用力地點點頭。

「正如白户先生所說的。事實上，現在福建軍幹部打算和我們採取共同步調來對抗北京。他們福建軍也反對在進攻臺灣的戰爭中走在最前線。因爲福建省與臺灣的語言相同，經濟關係也非常地親密，所以儘量不希望發動戰爭，不希望和我們同樣地成爲北京的犧牲者。」

「我不瞭解你所說的話。爲什麼北京真正的目標不是臺灣，而是華南呢？」

「俗諺有云：聲東擊西。這就是孫子兵法。」

莊笑道。

「北京有一石二鳥的策謀。首先，派廣東軍和福建軍成爲臺灣攻略作戰的先鋒，就會造成很大的傷害。如果現在廣東軍與福建軍全力與臺灣作戰的話，不論是兵力和武器都會大量消耗，如此一來，當然就無法在軍事上對抗北京中央，也沒有辦法展現分離獨立的行動了。

即使臺灣攻略作戰失敗，北京的損害極少，還是會消耗我們的力量，擊潰我們分離獨立的氣運。同時，也可以藉此牽制其他地方的分離獨立者和地方分權主義者。

萬一，臺灣攻略作戰順利進行的話，當然北京是求之不得。一方面消弱我們的軍事、經濟力，失去力量之後，我們分離獨立的氣運也就被封住，另一方面又能阻止臺灣獨立，就能夠保持中華人民共和國的統一。可以說是一舉兩得的戰果。」

莊眼中閃耀光輝地說道：

「因此，臺灣與我們還有諮商的餘地。因爲，我們共同的敵人就是北京。」

「的確如此。這麼說，第三個條件應該可以實現囉！」

北鄉喃喃自語地說道。莊笑著說：

「我們是樂觀主義者。我們認爲其他的兩個條件也可能會實現。」

北鄉好像覺得難以置信地看著莊。莊靜靜地說道：

「北鄉先生，你真的認爲中日不可能再戰，而且也不可能引發中美戰爭嗎？但真的是如此嗎？戰爭不見得一定需要正當的理由或原因，當事國才能互相宣戰。」

「應該是如此吧！」

「戰爭沒什麼道理可講。會因爲一個不合理的關鍵而開戰。事實上，貴國所引發的侵略戰爭，不就是如此嗎？產生了意想不到的事態，使不可能變成可能，在以往的歷史中登場了好幾次。將來會不會發生，還不得而知呢！」

莊意味深長地說著，啜飲了一口茶。

「聽莊先生的口氣，看起來日本和美國有可能會引發與中國再戰的事態囉？」

莊笑著說道：

「的確如此。即使不願意，也可能會引發美日不得不參戰的事態。」

北鄉側著頭。到底爲什麼莊會這麼說呢？日本和美國應該都不願意出現參戰事態吧！

萬一，真的發生這種事態的話……。真的發生的話……。北鄉想到此處，突然好像記起什麼似地面露驚訝的表情。

如果真的發生那些事情的話，就會引發戰爭的事態。

這種可怕的想法，令北鄉臉色大變。莊臉上露出狡猾的微笑，向北鄉點了點頭。
「你也想到了吧！北鄉先生。」

3

北京．中南海．中央軍事委員會書記處　七月十九日　下午一點

中南海的庭園沐浴在强烈的陽光下，周邊灑下耀眼的光芒。

看著窗外的樹木隨風搖曳的樣子，秦平中將思考著如何在不久就要召開的中央軍事委員會中，向在座的軍事委員們說明戰局。現在，自己置身於權力中樞軍事委員會秘書長的寶座上。鄧小平死後，事實上推動中國的既不是黨總書記江澤民，也不是全人代委員長喬石。他自負地認爲，自己是在背後推動中國、創造時代的人。他覺得十二億人民的命運好像都由自己的雙肩背負著似的，感受到沉重的壓力。

聽到敲門聲，輔佐官打開門報告：「賀堅上校和汪上校來了。」秦中將將手放在身後，眼睛仍然望著窗外說道：「讓他們進來吧！」

門打開了，總參謀部的賀堅上校和汪石上校走進房間。秦中將回頭看著兩人，兩人都是民族統一救國將校團的重要同志，也是秦中將最信賴的心腹部下。

賀上校等人向秦中將敬禮，秦中將向兩人回禮。

「坐下吧！」

秦中將示意兩人坐在大桌前的椅子上。兩人拉開椅子坐了下來。

「廣東軍的情形如何？汪上校同志。」

汪石上校是總參謀部第二部的副部長。人民解放軍的軍事情報部通稱爲「第二部」。軍事情報部是中國的情報機構，是僅次於國家安全部的第二巨大諜報機構。國家安全部是直屬於黨中央委員會的組織，而第二部則直屬於總參謀部。

國家安全部相當於直屬美國總統的諮詢機構ＣＩＡ，而「第二部」則相當於直屬美國國防部的ＤＩＡ。

汪上校打開手邊的檔案，開口說道：

「中將，派到廣東軍的劉小新中校没有消息，無法與他取得聯絡。詢問廣東軍司令部，也没有得到回應。已經命令第一局的廣州管區進行緊急調查了。」

「派到福建軍的郭中校如何？」

「郭中校好像被福建軍的司令官和幹部們包圍著。根據來自當地的報告，郭中校似乎擔任福建軍參謀部的顧問了。」

「郭中校什麼也没説嗎？」

「没有接到任何報告。」

秦中將嘆息地看著賀堅上校。

「賀上校同志，你覺得如何呢？」

「在這個狀態下，即使東南戰區司令部下達命令，廣東軍、福建軍恐怕也不為所動。這是我估計的事態。」

賀上校以冷靜的語氣説道。賀堅對於任何事態都不會激動，而能夠冷靜思考、展現行動。秦中將給與賀堅上校極高的評價，就是因為他的冷靜判斷力。賀堅上校承襲了以故的賀農將軍的天性風格，這是統率衆多部下的指揮官不可或缺的要素。

現在臺灣作戰的最高指導部是黨臺灣工作指導小組，但是，軍事戰鬥指揮系統則由國家中央軍事委員會總參謀部對於「東南戰區」司令部下達命令，而由「東南戰區」司令部將命令傳達給「南京戰區」與「廣州戰區」的司令部。

「郭中校被對方説服，的確是出乎意料之外。可是我没想到連劉中校也與我們斷絕聯絡。」

「劉中校恐怕没有辦法與我們取得聯絡，而逃脱了。是吧！汪同志。」

「嗯。得到情報顯示，廣東軍的保安部在追查劉中校，因此，他可能並沒有被逮捕，而成功地逃脱了。」

秦中將想起劉中校。劉小新中校和賀堅上校同樣是值得信賴的部下。將劉派遣到廣東軍那兒去，就是希望他能夠説服廣東軍參謀部。

「我想劉中校不久以後一定會與我們取得聯絡。但是，兩個人都能夠發揮充分的作用。廣東軍和福建軍從他們兩人那兒得到的情報，會對我們的作戰產生錯誤的估計，這一點是可以預料得到的。」

秦中將點點頭。將「臺灣本島攻略作戰」的立案者劉中校與郭中校派遣到廣東軍和福建軍那兒去，藉此讓廣東軍及福建軍的幹部們相信表面上的「臺灣攻略作戰」。

臺灣攻略作戰的第二作戰，已經完成了「黎明作戰計劃」。也就是説，爲了避免福建軍與廣東軍不遵照命令行事而採取的作戰計劃。將北京軍區和濟南軍區的兵力派遣到廣東省和福建省附近，如果廣東軍和福建軍按照命令行事的話，當然没有問題。如果按兵不動的話，則會命令司令部解散，改編爲直屬於「東南戰區」司令部的部隊。同時也可以進行臺灣解放作戰。

「黎明作戰進行到何種程度了？」

賀上校攤開作戰地圖。

「快速反應部隊第一六二自動化師團，已經進入福州郊外。第十五空挺軍、第四五師團開始進入汕頭，第四四師團在長沙，第四三師團在衡陽待命，隨時都可以進入廣州。」

第一六二自動化師團是濟南軍管區的第五四集團軍傘下的快速反應部隊。他們所接受的訓練是隨時隨地都能夠應對紛爭，是屬於有機動力的重武裝步兵部隊。而第十五空挺軍的第四三、四四、四五師團雖是輕步兵師團，但是卻是能夠率先投入紛爭地的突擊師團。

福州是福建省的省會，也就是福建軍的中樞。第一六二自動化師團投入該地，名義上是以臺灣的進攻部隊進駐該地，而其目的是在萬一的時候可以控制福州。

第十五空挺軍屬於空軍，由第四三、四四、四五師團的三個空挺師團所構成。其中一個空挺師團進入廣東省的重要軍港汕頭，伺機而動。而同時在從北可以窺探廣東省的湖南省主要都市配置了兩個空挺師團。

「第三八軍主力進入武漢。第二十軍移動到長沙。第五四軍主力進入南昌。先鋒的兩個師團配置在廈門近郊。而寧波的第一軍也南下到溫州，上海第二六軍移動到浙江省。」

北京軍管區的第三八集團軍和瀋陽軍管區的第三九集團軍，繼快速反應部隊之後投入紛爭地，是重武裝的緊急展開軍。

第五四集團軍是重點集團軍之一，負責「拳頭部隊」的任務。重點集團軍在二四集團軍當中優先配備最精良的現代化武器，而且特別納入化學戰部隊等特殊軍種，爲重要養成部隊。包括了北京的第三八、瀋陽的第三九、濟南的第五四、廣州的第四二集團軍。但是，同樣是重點集團軍，可是只有廣州的第四二集團軍沒有其他軍隊已經擁有的機甲師團或機甲旅團。擁有的只是比其他的集團軍更多架的陸軍直升機部隊，以及普通師團配備的戰車大隊而已。

「在空軍方面，濟南空軍、北京空軍、南京空軍、成都空軍待命，如果廣東軍或福建軍的矛頭轉向的話，已經做好萬全的準備，立刻可以將其擊潰。」

「廣州空軍的動向如何？」

「目前並沒有任何不穩的跡象出現。但是，只是不斷地召開幹部會議。會議的內容目前還在調查中。」

汪石上校回答。秦中將問汪上校：

「海軍如何呢？」

「南海艦隊的動向並沒有任何危險的徵兆出現。」

秦中將一直注意臺灣海峽。海軍司令部已經完全掌握了北海艦隊、東海艦隊、南海艦隊三艦隊。

「臺灣的袁元敏先生的動向如何？關於第四次國共合作的提議，臺灣方面的回應如何？」

秦中將問汪上校。

「有很好的回應。臺灣的大衆傳播媒體也報導第四次國共合作的相關消息。」

第四次國共合作的提議，這是先前基於和袁元敏先生的約定，前些日子秦中將藉著大衆傳播媒體對臺灣呼籲，希望藉著一國二府二體制建立「中華人民聯邦共和國」的新提案。

「臺灣的愛國學生同盟贊成第四次國共合作。在臺灣各主要都市反覆進行絕對支持提議的集會和示威遊行，一部分人士與保安隊發生衝突。」

「嗯。愛國學生同盟組織是什麼樣的組織呢？」

「以一個中國爲口號的民族主義團體。而其背後則有袁元敏先生等國民黨右派支持，也有許多我方的工作人員滲透其中。」

汪上校點點頭。

「哦！那麼袁元敏先生的動向如何？」

「袁元敏先生等人開始在國民黨內部進行多數派工作。公然在電視新聞中對於第四次國共合作表示贊成之意。呼籲李登輝總統必須要解決兩岸問題。」

「嗯。袁元敏先生已經開始出動了。」

聽到敲門聲，輔佐官探出頭來。

「中將，軍事中央委員會即將開始了。」

「知道了。我立刻過去。」

秦中將對輔佐官點點頭。秦中將站了起來。

「要持續注意內部情勢。」

「知道了。」

賀堅上校和汪上校站起來，向秦中將敬禮。

4

臺北・陸軍中央防空管制所　七月二十日　上午四點

臺灣陸軍防空管制室中，響起電腦和電子機器發出的獨特電子音。值班的凌上尉一邊看著控制臺的螢幕，一邊喝著咖啡。不久之後天就要亮了，還有兩個小時才交班。希望今天像平常一樣，能夠平安無事地渡過今夜。

正面的大型狀況表示板上映著臺灣全圖，以及隔著臺灣海峽的大陸沿岸地區。利用帶著紅光和藍光的四角形和圓形的記號及數字，表示敵我雙方的飛機以及艦艇的位置。從昨天早上開始，中國空軍軍機以及海軍的動向非常活絡。也許就是一些徵兆。自從對臺灣進行海上封鎖以來，一直持續著戒嚴狀態。

凌上尉敲打鍵盤，確認E2C預警機的飛行位置。沿著臺灣西海岸上空保持警戒的三駕E2C預警機的情報，必須及時顯示在顯示器上。如果敵機稍微展現攻擊的行動，則資料會立刻出現在顯示器上。E2C鷹眼的電眼甚至可到達中國大陸。中國空軍軍機的編隊，這一個月來已經有相當多次朝著福建省與廣東省移動的記錄。

此外，根據手邊的資料顯示，中國海軍的東海艦隊似乎集結在海峽中央線的西側。而我方的第一艦隊、第二艦隊隔著海峽與敵人艦隊對峙。距離敵艦隊一四〇公里。在我方的「雄蜂二型」反艦飛彈（對艦飛彈）的射程外。

即使在臺灣海峽相反側的東海岸側，也遍布著監視眼。在臺灣北北東三百公里的尖閣列島近海上，有一個中國海軍北海艦隊的航空母艦戰鬥群朝向東南移動。而在琉球海域的美國第七艦隊和日本海軍護衛艦隊，一直觀察其行動。敵人的航空母艦戰鬥群似乎想要迂迴繞到南下臺灣的東邊。

「上尉，傳聞是真的嗎？」

在隔壁控制臺上的卞中士盯著顯示器説道。卞中士敲打著鍵盤，確認敵艦現在的位置。臺灣空軍的迎擊戰鬥機的編隊爲了預防敵人航空母艦戰鬥群的攻擊，因此已經離陸，開始巡邏飛行。

「什麼傳聞啊？」

「和福建軍及廣東軍達成秘密的和平交易嗎？」

「聽誰説的？」

「同志們都這麼説啊！説密使和對方的領導人互相商量呢！」

「傳聞是真是假還不得而知。我們絶對不能夠掉以輕心，可能是敵人想要鬆懈我們的欺瞞行爲。」

凌上尉搖搖頭。同樣的傳聞在士官室也聽説過。聽説司令部秘密做出指示，要空軍飛行員和海軍艦艇的艦長們避免與廣東軍或福建軍交鋒。認爲廣東軍和福建軍有可能脱離北京而獨立。因此，就算北京方面命令廣東軍或福建軍攻擊臺灣，他們也不敢公然反抗。但是，如果兩軍遭遇的話，上級命令也不可輕易出手。

「如果廣東軍和福建軍願意和我們併肩作戰的話，可以説是多了千人之力。」

「不要想這麼蠢的問題。和北京之間的戰爭，只要我們臺灣的軍隊就已經足夠了。只有舊式武器的中國怎麼可能戰勝我們呢？」

「但是，我們沒有核子武器啊！如果北京想要摧毀我們的話，只要使用核武就辦得到了。」

「相信美軍最後一定會幫助我們，所以北京不可能使用核武。如果使用核武攻擊我國的話，被放射能污染的臺灣也不可能留下，這麼做對他們也沒有任何的好處。」

「說的也是。」

控制臺的電子警報裝置響起，凌上尉從椅子上跳了起來。手上拿著的馬克杯中的咖啡濺了出來。

狀況表示板的光點全都從大陸內陸部出發，目標朝著臺灣移動著。

「怎麼回事啊？」

蜂鳴器響起。與美國的軍事偵察衛星連接的飛彈警報響起。凌上尉敲打著電腦的鍵盤，螢幕上顯示警告的內容。偵察衛星掌握飛彈發射的狀況。

「敵人飛彈接近，目標數二十七枚。不，增加爲三十枚。」

管制官透過麥克風叫著。霎時管制室中一片嘩然。在管制臺前的管制員們面帶緊張的表情，與各地的防空基地取得聯絡。

紅色緊急用的電話響起。凌上尉拿起話筒，聽到司令部譚上校的聲音。

『怎麼回事？』

「敵人發射戰術彈道飛彈。」

『飛彈的種類是什麼？』

凌上尉趕緊移動滑鼠，找尋答案。在顯示器上出現發射的飛彈種類。

「東風十五。好像還有東風十一。」

東風十五（DF―十五）也稱爲M―九的中國國產中距離移動型彈道飛彈。美國國防部將其稱爲CSS―六。與舊蘇聯製的飛毛腿飛彈類似，但是比飛毛腿的命中率更高。搭載在移動式發射（TEL）車輛上，不管在任何位置都可以發射，因此，很難特定其發射位置。即使鎖定了，但因爲它會移動，所以與需要固定式發射臺的飛彈不同，不容易破壞。

全長十公尺，直徑一公尺，發射重量六千公斤。有效載荷單彈頭爲五百公斤。安裝普通彈頭的HE彈，但也可以搭載九十千噸戰術核彈。附帶終端控制的慣性誘導方式。使用固體燃料的一段式火箭推進。射程六百公里。命中精度三百公尺CEP（半數命中半徑或誤差確立圓）。此外，以目標爲中心，彈頭著彈圓的半徑在三百公尺以內。

東風十一（DF—十一）也稱爲M—十一。美國國防部則稱爲CSS—七。爲短距離道路移動型彈道飛彈。與DF—十五同樣地搭載在TEL的車輛上，因此在任何地方都可以發射。

全長九・七五公尺，直徑〇・八公尺。發射重量三千八百公斤。有效載荷單彈頭八百公斤，HE普通彈頭，但也可以搭載九十千噸核彈彈頭。也是附帶終端控制的慣性誘導方式。推進方式爲一段式固體燃料。射程二百八十公里，命中精度六百公尺CEP，比東風十五的命中精度落後很多。但是，如果有核子彈頭的話，則六百公尺CEP也能充分破壞目標。

狀況表示板顯示從大陸內陸部各地發射的東風飛彈，已經朝向臺灣各地飛來。從發射後的速度、高度與方向來逆算的話，電腦立刻就可以顯示出各飛彈的目標。

「敵人飛彈數總計四十八枚。目標最短距離四百七十公里。」

管制員向防空司令部報告。不到十分鐘內就會越過海峽，落到臺灣本土上。而飛彈的目標地點已經發出了空襲警報，同時自動地完成了迎擊用飛彈的發射準備。

以海峽側爲主，整個臺灣配備了奈基力士型四十座、改良型霍克一百座、國產SAM「天弓」I、II二十座、海上小槲樹六座，以及最新的愛國者飛彈III二十座，以防敵機或敵人飛彈的入侵。

「目標持續增加。敵人似乎已經開始了第二波的攻擊。目前敵人的目標合計七十二枚，都是朝向海峽方面都市以及基地進攻。目標最短距離三九〇。」

「敵人好像發射了東風三、四。衛星已經確認了。」

『可能會發動核武攻擊。』

譚上校的聲音提高了幾分。

東風三（DF—三）為移動發射型中距離彈道飛彈，發射重量二十七噸，為液體燃料一段式飛彈。射程二千五百公里。單彈頭可以運送一到三百萬噸的核彈頭。如果是普通彈頭的話，能夠搭載二千五百公斤HE彈。同時開發了多彈頭MRV型，這時就可以搭載五十到一百千噸級的核彈頭，搭載五百到一千公斤的複數普通HE彈。命中精度CEP為一千公尺左右。

東風四（DF—四）為地下發射格納型中距離彈道飛彈。射程四千七百五十公里。重量八十二噸。液體燃料二段式。射程為七千公里。單彈頭搭載二到三百萬噸核彈頭。命中精度CEP一千五百公尺，但是如果發動核武攻擊的話，則具有準確的精度。凌上尉說：

「既然發射東風三、四，可能會發動核武攻擊。只能祈禱他們不要這麼做。」

『一定要緊急通知總統。』

「拜託了。」

『總統會聽我們的話嗎？』

譚上校嘆息地說著。

李登輝總統等政府的首腦，接到緊急核攻擊警報時就進入地下的核避難室去了。但是，李總統一直認爲北京政府，應該不會發動核武攻擊同樣身爲中國人的臺灣同胞。而且，他將臺灣國民的命運視爲是自己的命運，因此拒絕進入核避難室。如果臺灣發生了核武事態，他不希望只有自己獲得救助。凌上尉聽到這番話時，認爲李登輝總統就是因爲這樣才會得到臺灣國民的支持。

凌上尉看著出現在狀況表示板上飛彈的方向。有一些飛彈目標朝向臺北、高雄、基隆、左營等地。如果搭載核彈頭的話，應該不會對一個都市投下數枚的核彈。但是，如果不是實際中彈的話，恐怕無法瞭解。

即使擁有愛國者飛彈，或是臺灣自傲的「天弓」飛彈，要在上空擊落從天空的一角以馬赫三的速度飛入的彈道飛彈，也是很困難的。

「各部隊已經發射愛國者飛彈了！距離三三〇。」

很快地，接到各地區防空部隊發射愛國者飛彈的報告。

凌上尉咬著嘴唇，看著狀況表示板。在室內又傳入在中國大陸沿岸部發射飛彈的消息。

「……敵人飛彈現爲一百一十三枚！好像進行了第三波的發射。」

管制員高聲叫道。凌上尉屏住了呼吸。

一百一十三枚！敵人很明顯地是要進行飛彈的飽和攻擊。飛彈還會繼續增加，等到愛國者飛彈或是奈基力士型、「天弓」發射完之後，臺灣就會進入無防備狀態中，到時候……。

5

空襲警報響起。

從山腹可以看到的黑暗海峽一片寧靜。停在山腹上的監視器車內的電腦響起輕微的電子音，開始動作。相控陣雷達捕捉到接近二十個以上的目標，螢幕上顯示敵人飛彈的位置、方位以及方向。不管哪一個目標，都以臺北爲主的北部地區軍事設施爲目標。

『准許迎擊戰鬥。這不是演習，擊落接近的敵人彈道飛彈。』

來自司令部的命令，在擴音器中傳出。

「飛彈接近！距離二百公里。」

飛彈發射要員中士看著螢幕叫道。陳准尉擦著汗。已經按下自動迎擊的開關，將一切都交給電腦。但是，愛國者飛彈畢竟不是萬能的。

在波斯灣戰爭中，愛國者飛彈無法擊落一枚伊拉克的飛毛腿飛彈。臺灣軍隊所配備的愛國者飛彈，雖然性能是改良過的Ⅲ型，但是這還是頭一次在實戰中使用。

ＭＩＭ—一〇四愛國者防空飛彈，是爲了擊落從地面上三十公尺到三萬公尺超低空到超高空廣大範圍內的飛機以及火箭彈，而製造的防空飛彈。

愛國者飛彈全長五．二公尺，直徑四十一公分，翼幅九十二公分。發射重量九百一十四公斤。彈頭爲九十公斤ＨＥ破片效果式。誘導方式爲附帶指令更新的慣性誘導以及半自動。使用固體燃料，射程約七十公里。

ＭＩＭ—一〇四愛國者飛彈，是擁有一套雷達車、監控車、電源車、飛彈發射器五到八座的飛彈系統。

教練型的雷達車停在視野良好的場所，架設著直徑二公尺的圓形相控陣雷達板。所謂相控陣雷達板與宙斯盾艦具有同樣的構造。薄雷達板的圓型盒排列五千個左右的雷達元素，夠同時捕捉從所有高度侵入的多目標。

從雷達上得到目標資料的監控車的電腦，瞬間判定多數目標的威脅，而決定攻擊優先順序、誘導指令等。對於在發射臺上的飛彈傳達各目標的資料，以及發射的信號等。而接到發設訊號的飛彈，利用內藏電腦記憶資料。突破發設臺的蓋子而發射。

發射的飛彈隨著雷達誘導電波飛翔，接近目標時會自爆而擊毀目標。

從發現目標、認識威脅到迎擊優先順位、飛彈發射、誘導等一連串的過程，不用經過人類的判斷，可以自動地進行，在最適當的位置迎擊目標的系統，就是愛國者飛彈的系統。

愛國者飛彈從在周圍展開的發射臺上冒出白煙和火燄。一枚一枚地朝向黑暗的夜空飛翔而去。

「愛國者飛彈只剩下六枚。」

已經發射了十四枚。各飛彈尋求各自的目標飛去了。

愛國者飛彈的各發射臺上，各搭載了四枚愛國者飛彈。通常一套的愛國者飛彈能發射二十枚到三十二枚。

陳准尉的陸軍愛國者飛彈防空中隊，則只有一套五座發射臺二十枚的愛國者飛彈。但是，臺北地區防衛重點地區配備愛國者飛彈大隊，整體而言，有六套一百二十枚的愛國者飛彈防衛海峽。

其他部隊的愛國者飛彈也陸續發射出去了吧！不光是愛國者飛彈，還有奈基力士型以及「天弓」會前去迎擊。

「還有三分鐘到達會敵地點。」

中士看著螢幕說著。陳准尉覺得自己額頭上不斷地冒出汗來。

6

北京軍管區．人民解放軍第二砲兵司令部　上午四點十分

設立在地下司令部飛彈管制室正面的巨大狀況表示板，利用紅色的光點顯示各地的發射地點。狀況表示板的前方，有呈階梯狀的控制臺，管制員們都坐在臺前。

第二砲兵司令官張國偉上將與參謀幕僚們坐在最上階的椅子上，觀察時時刻刻改變的狀況。首席管制員告訴張司令員。

「全彈發射。」

「很好。」

張司令官很滿意地點點頭。回頭看著坐在後座總參謀部作戰室長楊世明上校。

「這樣就好了。」

「很好。接著只要看敵人的反應就好了。」

「敵人一定束手無策。」

張司令官看著在旁邊操作電腦的管制員。

「我們發射的東風數目多少？」

「全部發射了一百三十七枚。其中九枚發射失敗，而一百二十八枚朝著目標地點前進。」

發射的是東風三、四，東風十一、十五，以及最新型的東風二五。

「敵人一定感到很驚訝。竟然一舉遭受如此龐大的彈道飛彈的攻擊。」

「不只是臺北，連一直窺伺著我們的美日帝國主義者一定也會感覺到我們飛彈實力的威脅。」

楊上校笑著對張上將這麼說。張上將搖搖頭。

「為什麼中央軍事委員會不允許使用核彈頭呢？不必如此浪費東風，只要發射一、兩枚最新的東風三一或東風五，在高雄或臺中的街道讓核子彈爆炸的話，臺北政府一定會舉白旗投降。」

東風三一（DF—三一）是移動式的，是潛水艦發射彈道飛彈巨浪二的陸上發展型的最新型飛彈。射程八千公尺。

東風五（DF—五）是中國最驕傲的ICBM。爲固定發射型，發射重量一百八十噸。液體燃料二段式。搭載多彈頭千噸級的核彈頭。射程一萬二千公里。

楊上校說道：

「司令官閣下，軍事委員會與總參謀部希望在得到臺灣的時候，臺灣並沒有遭受太大的破壞。在臺灣有願意展開第四次國共合作的同志，當然也希望他們能夠逃避敵人的攻擊。這一次攻擊作戰的目的，如最初所說的是爲了擊潰敵人的眼耳，並不是把臺北或高雄等都市當成攻擊的目標。只是希望能夠去除分布在沿岸的敵人防空網，才能有利於我們確保海峽的制空權或制海權。同時也對於臺北政府及世界示威，表示我們隨時隨地都可以展開核武攻擊。即使不使用核武，也有自信充分使臺灣屈服。」

「嗯。我能夠瞭解楊上校同志的意思。但是，光是使用東風對於後來的作戰是否有保障呢？」

「還剩下足夠的飛彈呢！藉著虎子第二砲兵進行接下來的作戰，當成是實戰的訓練好了！」

楊上校看著張司令官這麼說，而內心卻罵道這個昏庸的將軍。他認爲第二砲兵還是需要救國將校團的同志來鞏固才行。

狀況表示板上表示出敵人發設迎擊飛彈的狀況。在此必須確認愛國者飛彈的威力。目前，電子戰部隊正在撿拾敵人所發出的所有電波、收集資料，希望能夠運用在下次真正的臺灣解放作戰中。

「敵人的迎擊已經開始了。第一波的一枚東風飛彈被擊落。」

管制員叫著。張司令員手臂交疊，看著狀況表示板。楊上校也想像在海峽黑暗的虛空中交戰的飛彈與飛彈的擊滅戰，連手都冒汗了。

「又一枚被擊落了！」「兩枚消失。」

管制員們看著控制臺上的螢幕，高聲叫著。楊上校心中則祈禱東風飛彈能夠突破敵人的防空網。

「敵人也幹得不錯嘛！」

張司令官好像很懊惱地說著。周圍的第二砲兵參謀幕僚則以凝重的表情看著狀況表示板。

「第一波，目標到達時刻！」

管制員叫著。狀況表示板上突破迎擊網的東風飛彈殺到對岸，其數目爲二十九枚。四十枚當中只有四枚被擊落。敵人的愛國者飛彈根本没有用。楊上校相信只要這樣的話，就沒有問題了。

「第二波，不久後到達目標！」「第三波越過海峽中央線！」

管制員報告，剩下的飛彈殺到臺灣的情形。

7

臺灣・清泉崗航空基地　七月二十日　上午四點十五分

基地響起令人覺得不舒服的空襲警報，基地陷入一片的黑暗中。

第四二七戰鬥航空團第三大隊第八中隊的中隊長南少校，在聽到全員退避命令的同時，跑向停機坪。中隊的部下們也一起跑過來。地上整備員們已經鑽入待命的「經國」戰鬥機中，引擎已經開始運轉。

『飛彈接近！飛彈接近！全員退到防空洞中。滑行跑道、停機坪的飛機立刻進入掩體壕。重複。敵人彈道飛彈接近。全員退避！全員退避！』

擴音器中傳出極大的聲響。

「少校！」

整備員舉起手來。南少校爬上梯子。戰術航空士的鍾中尉爬上後部座席的梯子。

南少校告訴警備員：

「退下。我要出發了！」

整備員很驚訝。

「但是，命令是要躲到掩體壕。」

「可能是核武攻擊。我躲到空中去。」

南少校推開整備員，鑽進駕駛座。而鍾中尉也趕緊鑽進後部座席。自己的愛機怎麼能讓它遭受核武攻擊呢！南少校喃喃自語地說著。

整備員跳到地上，鬆開擋住輪子的車擋。南少校立刻打開引擎的油門，開始發動。關閉駕駛蓋，兩人同時進行離陸的機體檢查。部下們的「經國號」也一架一架地離開停機坪。關上駕駛蓋時，噪音立刻減半，只聽到高亢的引擎聲，速度提升。

「管制塔，這裡是大胡蜂，緊急起飛，請允許離陸。」

『這裡是管制塔，命令是在地上退避，難道你要抗命嗎？』

「請變更爲空中退避。如果是核武攻擊的話，即使在地面上退避也會全毀。請允許我們離陸。」

南少校生氣地叫著。

機體已經進入滑行跑道，連管制塔都看到了。二號、三號、四號機併排著，機頭朝向滑行跑道。五、六號機的駕駛才剛跑到飛機旁邊，引擎還沒有熱呢！

機庫周邊看到許多避難的人影。進入隔壁滑行跑道的二號機劉少尉在駕駛座上豎起大拇指，是離陸OK的信號。管制塔暫時失去回音。後來基地司令高上校出聲說道：

『我是基地司令。大胡蜂，准許離陸。立刻到空中退避。』

「瞭解。」

南少校鬆了一口氣似地回答著。聽到高上校的聲音：

『祝你幸運！』

「瞭解。也希望上校幸運。」

在南少校回答的同時解除煞車。打開風門，拉起操縱桿。噴射戰鬥機「經國號」開始向前猛衝。整個身體俯臥在駕駛座上，形狀好像G一樣。不久之後，到達離陸速度V一。

輕輕拉起操縱桿，機體飄起來，到達Vm。機頭衝向黑暗的空間。V二！離陸。機體像箭一樣朝向虛空中飛翔而去。轟隆的聲音震動整個機體。馬赫〇・八，還必須再上升才行。馬赫一。

高度一萬英呎。機翼朝右傾斜，一面旋轉，一面持續上升。看著滑行跑道。三號、四號機也開始升空。而比較遲的五號、六號機也從誘導跑道進入滑行跑道。

「五、六！趕緊離陸！快一點！」

南少校對無線機叫著。聽到五、六號機的駕駛回答「瞭解」。

「二號機呢？」

『跟在八點後方。』

平中尉很有精神的聲音，透過接受器傳來。

「全機在三萬集合！」

全機都回答「瞭解」。立刻看著HUD的雷達表示。雷達非常地混亂，可能是遭到敵人的ECM（電子阻礙）。敵人發動了總攻擊。南少校按下了ECCM的按鈕，雷達恢復了功能，捕捉前方的雷達敵機機影。突然，告知敵人高速飛彈接近的警報響起。

「飛彈接近！」

後座的鍾中尉説道。

『方位三二〇。距離二十五公里。從高高度以猛烈的速度接近的飛彈。』

「彈道飛彈嗎？」

『從馬赫三的速度看來，的確是彈道飛彈。』

畜生！愛國者飛彈怎麼回事，難道是擊漏了嗎？如果是核彈頭的話，最遭糕的情形則是多枚核彈頭的話，恐怕沒有辦法逃脫了。只剩下幾分鐘的生命。南少校咬著牙，抱持著必死的覺悟之心。希望能夠和愛機一起死。但是，最懊惱的就是在臨死之前沒有辦法和敵機交戰，真想擊落幾架敵機之後再死。

高度計不斷地旋轉，機體仍然急速上升。儘量上升吧！這樣也許可以避開爆炸的風爆。鍾中尉告知：

『高度二萬五千呎。』

傳達飛彈接近的電子音到達最高潮。忽然，在前方的天空有黑影以猛烈的速度斜掠過。

「畜生！」

握著操縱桿的手都震動了。接下來的一瞬間，下方閃耀閃光。南少校趕緊戴好太陽眼鏡，閉上眼睛。接下來應該有空氣的波動侵襲而來才對。機體能夠忍受這種震撼嗎？

聽到爆炸聲，但是沒有爆風襲來。張開眼睛，卻沒有任何變化。南少校安心了。

不是核子彈爆炸。俯看下方，爆炸的火燄覆蓋基地的建築物。在黑暗中雖然看不清楚，但是，看起來好像是燃料槽燃燒了。

僅管如此，爆炸還是非常猛烈。普通的ＨＥ彈頭至少也有五千公斤炸彈以上的破壞力。

「二、三、四、五、六回答。」

聽到來自二、三、四號機的回答。沒有聽到五、六號機的回答。

『隊長機。五、六號機完了。』

聽到四號機的朱中尉的聲音。

「是視認嗎？」

『是視認。在起飛前的一瞬間，兩架飛機都被擊毀。』

「我知道了。」

當高度計超過三萬時，南少校讓機體回到水平飛行。到達三萬呎的高度，終於可以看到東方的天空已經泛白。

「管制塔，這裡是大胡蜂。」

沒有回答。

「管制塔，請回答！」

南少校豎耳傾聽，只聽到空電音。先前的爆炸可能使管制塔都受損了。爲了謹愼起見，改變周波數。但是不管呼叫管制塔幾次，都沒有回答。趕緊切換爲緊急用周波數。

『這裡是基地司令，請回答。發生緊急事態，請求救援。』

聽到基地司令高上校的聲音。

「這裡是大胡蜂，基地司令請說。」

『南少校，你沒事吧？』

「怎麼回事？基地的情形如何？」

『敵人的飛彈命中管理大樓，損傷甚巨。設施及飛機都受損。滑行跑道被炸一個大洞，無法使用。大胡蜂移動到新竹空軍基地，接受司令部的指示。』

「瞭解。」

『飛彈落在各通信基地或雷達基地上。通信網、雷達網破損。敵機可能會趁此機會攻擊。待命準備迎擊。燃料殘存量多少？』

南少校看著燃料計，應該有足夠的燃料可以待命。檢查刻度，發現可以飛行一小時以上。

「燃料足夠。以迎擊姿態在空中待命。」

『好，拜託你了！』

通信結束之後，南少校命令二、三、四號機檢查燃料。回答是燃料都夠。南少校改變周波數。

「這裡是大胡蜂。七七請回答。」

七七是新竹空軍基地的暗號密碼。只聽到空電音，沒有回答。可能是敵人的妨礙電波造成干擾。ＥＣＣＭ動作，電波恢復正常。

突然，從接收器聽到明確的管制官聲音。

『大胡蜂嗎？這裡是七七，聽得到嗎？』

「聽得到。安心吧！請命令。」

『這裡的雷達受損，只能使用輔助用雷達。只能依賴Ｅ—二Ｃ。請遵從Ｅ—二Ｃ的直接指示。』

「瞭解。」

預警機Ｅ—二Ｃ隨時在空中待命，因此可以逃脫敵人的攻擊。

南少校準備應付接下來渡過海峽前來的敵機，因此檢查了搭載的武器。

天劍二型中距離空對空飛彈四枚。天劍一型近距離空中戰用的空對空飛彈四枚。二十釐米火神砲四十發。

南少校舔舐著舌頭。心想，你隨時都可以過來。今天是擊落敵機的好日子。

8

東方的天空終於開始泛白。海峽的海面一片寧靜。

中國．南京空軍轟炸師團第二十一連隊的轟炸五型十二機編隊，以馬赫〇．六的亞音速超低空掠過海面飛行。轟炸五型機的機身下各自帶著C—六〇一亞音速空中發射巡航飛彈一枚。

C—六〇一飛彈是「海鷹」HY—二艦對艦飛彈的派生型。重量二千五百公斤，全長七．三六公尺，射程一百一十公里。擁有自動駕駛、自動雷達。「海鷹」是在發射以後，爲了躲避敵人的雷達，而以亞音速低空掠過海面飛翔巡航的飛彈。而最後階段時，自己會發射自動雷達，捕捉目標。

轟炸五型是伊留申二八（I1—二八），西方將其稱爲獵兔犬，是中國生產的轟炸機。雖然是舊式的轟炸機，但是運用方面絶對不容忽視。

轟炸五型全寬二一．四五公尺，全長一七．六五公尺，全高六．七公尺。擁有二架渦噴五型引擎。最大速度四七五節。後續距離低空六一三海里，高空一一七七海里。最大有效載荷三千公斤。固定武裝二三釐米機關砲二門或者是三門。乘員三名。

突出於機身上部的座艙坐著駕駛，而機頭部貼玻璃的座位坐著砲彈手，而另一人則坐在機體尾部的座位上，負責通信和射擊。

操縱席的李上尉用緊張的表情俯看眼下的海面。高度只有二十公尺。爲了欺瞞敵人的雷達，必須以超低空飛行，否則立刻就會被發現。只要將操縱桿稍微往前倒的話，機頭下降，機身就會撞到波浪。與對地雷達連動的自動操縱裝置，在超低空的狀態下，沒有辦法保持機身，穩定飛行，因此沒有辦法長距離低空飛行。

我方的電子諜報船和電子戰機，已經對敵人的雷達網進行電子擾亂工作。堪稱擁有最尖端電子技術的臺灣軍隊，絕對不會束手無策，一定會用比我方更高超的電子技術來對抗。

目標是前方一百五十公里附近的敵人艦隊。射程一百一十公里以內，任務則是對於敵艦發射巡航飛彈。

距離目標一百二十公里。

超低空飛行很難用雷達掌握前方敵艦的情況，必須利用在後方上空待命的預警機的雷達，瞭解敵人艦隊所在地。問題在於敵人的迎擊機，但是，應該也可以利用通信設施或雷達裝置，以及對於航空基地等的「東風」飛彈攻擊，和電子諜報船或電子戰機的電子擾亂工作來混淆敵人。

「……敵機接近！警戒。距離九十公里。」

經由無線通信傳來預警機的通報。李上尉看著雷達顯示螢幕，用雷達捕捉敵人的機影。似乎是敵人艦隊防衛的直掩機。

「距離發射地點二十五公里！」

機頭部的砲彈手馬上士告知。

「機長，來自護衛直掩機的聯絡。開始空對空飛彈戰鬥。」

傳來尾部座艙王下士的聲音。李上尉透過駕駛蓋，抬頭看著上空。

在空中的某一處，應該有我方的殲擊七型Ⅲ以及最新型的蘇凱二七戰鬥機編隊隨行護衛吧！

殲擊七型是以舊蘇聯製MiG—二一fishbed爲原型的日間型戰鬥機。後來，中國加以改良，提升引擎的力量，成爲能夠搭載西方最先進電子機器的全天候型戰鬥攻擊機，命名爲「殲擊七型Ⅲ」。

MiG—二一戰鬥機是一代前的戰鬥機，想要以臺灣空軍主力最新型的戰鬥機「經國號」戰鬥機，或是新型F—一六戰鬥機爲對手，在一對一的近距離空中混戰中作戰，應該是無法獲勝。

但是，蘇凱—二七（Su—二七）具有凌駕於美國最新型機F—十五戰鬥機的性能，是俄製的戰鬥機。如果是Su—二七的話，不管對方是「經國號」或是F—一六都不足爲懼。但是，Su—二七戰鬥機一個連隊只有二十四架，也許無法應付大舉攻擊的「經國號」或是F—一六戰鬥機。

李上尉看到每三架飛機組成密集隊形飛來的僚機。

發現敵人時，先用飛彈進行先發制人的攻擊。Su—二七或殲擊七型戰鬥機不能阻止敵人的攻擊的話，只好由轟炸五型的編隊迎擊。李上尉抬頭仰望逐漸明亮的天空，祈禱能夠幹掉敵機。

『發射飛彈！』

聽到護衛機的通信。Su—二七戰鬥機對敵機發射對空飛彈R—二七（AA—一〇A—一amo）。R—二七（AA—一〇A—一amo）是搭載於Su—二七的舊蘇聯製的標準型長距離對空飛彈。

全長四・七八公尺、直徑二十六公分、翼幅八十公分。發射重量三百五十公斤。彈頭爲三十九公斤及HE爆風破片效果方式。信管爲自動雷達。固體燃料火箭。誘導方式爲慣性指令更新。終端爲自動雷達。射程R—二七AE型爲八十公里，R—二七

EM型爲一百一十公里，非常地長。特徵是可動翼爲蝶型。

『不久到達發射地點。成橫隊散開！』

傳來帶頭一號機編隊長的命令。

「二號機，瞭解。」

李上尉簡短回答。稍稍拉起操縱桿，機頭朝上時，密集編隊散開，與僚機間取得距離，變成橫隊。其他的編隊也呈橫隊展開，即將進行對艦攻擊。

『距離發射地點二十公里。』

『準備反艦飛彈戰鬥。』

聽到來自隊長機的指令。李上尉對著通話機複誦，命令砲彈手馬上士。

馬上士做好反艦飛彈（對艦飛彈）的發射準備。顯示器上顯示出目標的資料。

『目標，第三驅逐艦。』

馬上士接受來自預警機的資料，將資料輸入飛彈的電子計算機中。

『距離發射地點十五公里。』

「準備好了嗎？」

李上尉問馬上士。馬上士說道：

『發射準備終了。隨時都可以了。』

「拜託你了。如果能命中的話，我請你到上海最棒的店大吃一頓。」

『機長，也包括我在內嗎？』

尾部射擊手王下士加入談話中。

「當然囉！王下士也是重要的組員之一嘛！」

李上尉輕輕握著操縱桿，大聲地回答。

在這一瞬間，馬上士叫道：

『飛彈接近！一點上方。』

李上尉看著一點上方。看到火燄迅速落下。接下來的一瞬間，右舷發出閃光。李上尉看著反射在駕駛蓋上的光。在右舷稍後方飛翔的五號機的機身爆炸，一分爲二。機頭的部分慢慢地衝向海面，海面上濺起浪花。

『敵人飛彈攻擊！全機警戒。』

聽到隊長的聲音。李上尉問馬上士。

「距離發射地點多遠？」

『七公里。飛彈接近！十一時上方。』

在左舷的方向，冒著白煙的火燄又擊中九號機。九號機的尾部爆裂，衝向海面。

『告知全機！各機到達發射地點發射飛彈後，立刻脫離戰場。』

聽到隊長的命令，李上尉叫道「暸解」。

帶頭的一號機被飛彈擊中，瞬間被火燄包圍，墜入海面。連隊長機都被擊落了。

「畜生！」

『機長！隊長機……。』

聽到馬上士顫抖的叫聲。李上尉叫道：

「準備發射彈！要爲隊長報仇。」

『距離發射地點一公里。火箭點火。』

飛彈點火。

「很好，走吧！」

李上尉解除自動操縱裝置。將風門開到最大，拉著操縱桿。機身加速前進，機頭朝上，機身從海面上升。

對地速度四七〇節。

李上尉瞪著黑暗的水平面。看不見敵人目標，但是絶對要將其擊沉。

『五、四、三、二、一，發射！』

聽到馬上士的聲音，同時機體浮起。

巡航飛彈發射出去。保持橫隊的僚機也陸續上升，發射飛彈。飛彈冒出白煙，朝著前方飛翔而去。火箭燃料使用完之後，就要用渦輪引擎飛翔。

幾條白煙在虛空中飄盪。李上尉將操縱桿往左倒。產生方向舵，開始朝左旋轉。

『副隊長告知全機！回航。』

「瞭解。」

李上尉臉上露出滿意的笑容，一邊降低高度，一邊將機頭朝向基地。這時，感覺背後遭遇激烈的撞擊。聽到王下士的慘叫。

駕駛蓋彈開，外氣不斷地吹入，操縱桿不動了。李上尉想，中彈了。

接下來的一瞬間，看著前面一片海洋。在李上尉的腦海中，霎時閃過留在故鄉的妻子以及三歲大兒子的容顏。

9

臺灣海峽　七月二十日　上午四點二十五分

天已經開始亮了。海面一片平靜。臺灣海軍第一艦隊呈半圓形陣型散開。

「距離目標一百二十公里。方位……！」

「發射反艦飛彈！」

來自CIC室的報告傳遍DD「祥陽」的艦橋。艦長吳中校看著黑暗的海面。偵察員全都戴著望遠鏡，看著周邊的僚艦。

後部甲板的發射機噴出對艦飛彈的白煙，朝向虛空飛翔。轟隆的聲響響徹艦橋，接著又一枚，又一枚。總計連續發射了四枚。噴出的白煙瞬間隱藏了後部甲板，每一次發射時船艦的地面都會有輕微的震動。

「雄蜂Ⅱ型」HF—Ⅱ反艦飛彈是最大有效射程一百四十八公里的國産艦對艦飛彈。依照以色列製的對艦飛彈加布里埃爾而生産的「雄蜂Ⅰ型」HF—Ⅰ反艦飛彈，射程只有三十六公里，非常地短。而加以改良大幅度延伸射程的就是「雄蜂Ⅱ型」HF—Ⅱ反艦飛彈。

僚艦也陸續地發射了「雄蜂Ⅱ型」反艦飛彈。每一次都使得還不明亮的海洋上出現閃光，火燄的尾端緩緩上升。

吳艦長凝視海面，同時將目光移到朝天空緩緩上升的白煙的方向。

「司令，來自各艦的報告，反艦飛彈朝向全目標發射。」

通信士叫道。第一艦隊司令的田上校一動也不動地坐在艦橋的司令席上點點頭。

「很好。」

聽到警報響起，吳艦長看著艦橋室中的戰術士官。CIC用緊張的聲音告知。

『發現敵機編隊！』

「方位呢？」

吳艦長叫道：

『來自幾個方向。三二〇、三〇五、二九七、二八二、二七六。每一個編隊都打算越過海峽。』

吳艦長和田上校面面相對。包括「祥陽」在內，第一艦隊的飛彈驅逐艦都沒有宙斯盾系統，所以無法一次捕捉幾十架的目標，並加以迎擊。CIC又告知。

『我方迎擊戰鬥機出發。朝向每個編隊。』

吳艦長感到安心了。空軍就是要在這時候派上用場的。但是，還是要準備對空戰鬥。

「準備對空戰鬥。」「準備對空戰鬥！」

聽到複誦聲。田上校又附帶說道：

「也不能對敵人潛水艦的攻擊掉以輕心。」

吳艦長點點頭，對戰鬥戰術士官說道：

「準備對潛戰鬥。」「準備對潛戰鬥。」

吳艦長又命令CIC。

「警戒敵人飛彈。」

『警戒飛彈！』

聽到回答聲。吳艦長在微暗的艦橋中思考。

真正的海戰已經開始了，已經沒有辦法後退了。必須以現有的戰力和力量強大的中國作戰。

拂曉時分，中共突然發動了總攻擊。臺灣各地降下飛彈雨。現在通信網以及雷達網破損不堪。第一艦隊等臺灣海軍自動地打開了反擊的火蓋。

該來的終於來了。吳艦長握緊拳頭。

臺灣海軍在東沙群島的太平島與敵人中國海軍首次交戰。當時，我方驅逐艦DE「明陽」被擊沉。DE「明陽」的艦長梁少校昔日曾是吳中校麾下的副長。吳艦長發誓，要爲梁少校報仇。

吳艦長眺望朝周圍散開航行的第一艦隊艦影。

第一艦隊包括吳艦長所搭乘的朝陽級飛彈驅逐艦DD「祥陽」，還有「昇陽」、「仁陽」兩艘朝陽級飛彈驅逐艦，以及最新銳艦成功級飛彈驅逐艦三艘所構成，可以說是集結臺灣海軍最強飛彈戰鬥艦的大型艦隊。

僅次於第一艦隊，擁有現代化戰力的是高雄的第三艦隊，但是，擁有三艘朝陽級飛彈驅逐艦之外，剩下的三艘則是並沒有進行現代化修改的富陽級驅逐艦。

朝陽級飛彈驅逐艦是將美國製的驅逐艦，進行稱爲武進Ⅲ號系統的現代化修改的驅逐艦。因此，也稱爲武進Ⅲ級，擁有「雄蜂Ⅱ型」HF—Ⅱ反艦飛彈四座、二十釐米CIWS一座、OTO七六釐米六二口徑單裝速射砲一門、博福斯四十釐米砲二門、對潛魚雷發射管三連裝二座、標準對空飛彈SM—一MR一座、反潛魚雷八連發一座等現代化武器，而後部甲板則搭載了對潛MD五〇〇直升機一架，改良爲最新艦。

而成功級驅逐艦則是基於「光華計劃」而建造的最新艦。以美國製造的O・H・培里級驅逐艦爲原型而製造的姊妹艦。計劃是要建造八艘，不過到目前爲止只建造了五艘。滿載排水量四千一百噸。標準配備爲「雄蜂Ⅱ型」HF—Ⅱ反艦飛彈八座、標準SM—1MR一座、七六釐米單裝速射砲一門、二十釐米CIWS一座、對潛魚雷發射管三連發二座等。

我方的第二艦隊在第一艦隊南方三十公里的新竹海灘待命。第二艦隊的任務是掃蕩潛藏在海峽的敵人潛水艦。

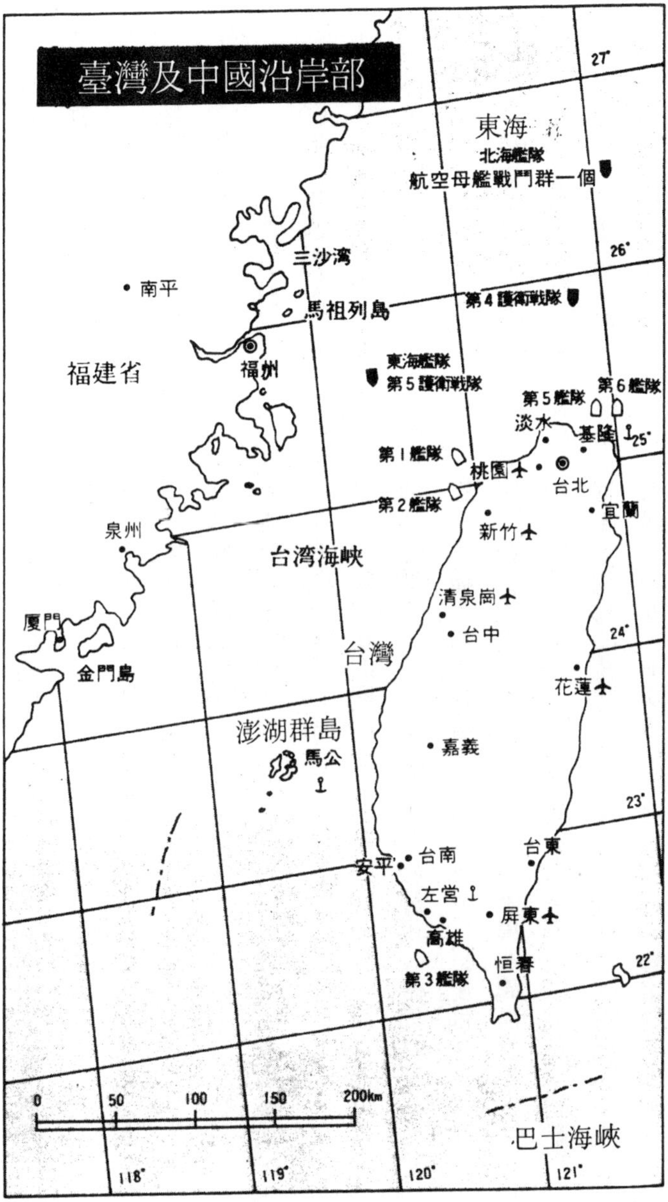
臺灣及中國沿岸部
東海
北海艦隊
航空母艦戰鬥群一個
三沙灣
南平
馬祖列島
第4護衛戦隊
福建省
福州
東海艦隊
第5護衛戦隊
第5艦隊
第6艦隊
淡水
基隆
第1艦隊
桃園
台北
第2艦隊
宜蘭
新竹
泉州
台湾海峽
清泉崗
廈門
台中
台灣
金門島
花蓮
澎湖群島
馬公
嘉義
台南
台東
安平
左営
屏東
高雄
恒春
第3艦隊
巴士海峽
0
50
100
150
200km
27°
26°
25°
24°
23°
22°
118°
119°
120°
121°

根據偵察機的報告，敵人的東海艦隊第五護衛艦戰隊在馬祖島東南東一百公里、臺灣西北一百公里附近，大致是在海峽出入口的中央。因此，臺灣的馬祖島守備隊陷入孤立無援的狀態中。

敵人第四護衛艦戰隊在基隆東北一百三十公里、尖閣列島西方七十公里附近、封鎖臺灣北部及東側海岸的航路。這些艦隊由我方的第五、第六艦隊負責攻擊。

吳艦長的第一艦隊的任務，就是殲滅敵人的第五護衛艦戰隊。

第五護衛艦戰隊是由旅大級飛彈驅逐艦三艘，以及江滬級飛彈驅逐艦七艘所編成的艦隊。是絕對不能夠掉以輕心，但是卻能夠戰勝對方。

旅大級飛彈驅逐艦船身本身是七〇年代初期開始配備的舊式驅逐艦，而飛彈則是以舊蘇聯製的ＨＹ－二冥河艦對艦飛彈爲主體。主要是對水上戰艦用，配備ＨＹ－二艦對艦飛彈三連發二座，以及一百三十釐米砲二連發二門等。此外，只配備了對潛用的對潛火箭發射裝置十二連發二座，對空武器方面也只有三七釐米機關砲而已。

江滬級飛彈驅逐艦的艦齡很老，裝備也是一、兩代前的東西，不足以成爲第一艦隊的對手。問題是東海艦隊第五護衛艦戰隊的背後的北海艦隊的動向。北海艦隊主力的航空母艦隊現在就在東海的舟山群島附近。美國的第七艦隊與日本海軍的護衛艦隊雖然在琉球海域牽制北海艦隊，但是還是不足以應付。

一定要在北海艦隊出動之前擊潰東海艦隊才行。即使第一艦隊是最新的飛彈艦隊，但是不可能一邊與東海艦隊作戰，同時抵擋强力的北海艦隊的航空母艦戰鬥群。

北海艦隊是集合了最新的旅湖級飛彈驅逐艦及進行現代化改良的旅大Ⅱ、Ⅲ級，還有最新的江衛級飛彈驅逐艦，和進行現代化改良的江滬Ⅲ級飛彈驅逐艦等新銳艦的艦隊。其規模以二艘航空母艦爲主，是擁有三護衛艦戰隊三十艘的大艦隊。

「敵人艦隊也發射了艦對艦飛彈！朝這裡來了。」

CIC告知。搜索雷達很快地掌握敵人的動向。迎擊飛彈用的標準對空飛彈SM—1MR的發射機開始動作。

「發射標準飛彈。」

CIC的通報在艦橋響起。「祥陽」的前甲板上標準對空飛彈冒著白煙，連續發射出去。

「雄蜂到達目標還有三分二十秒。」

開始讀秒。敵人艦隊現在一定慌了手腳。因爲敵人並不具有對於對艦飛彈攻擊有效的防禦手段。只能利用三七釐米機關砲或是一三〇釐米速射砲擊落飛彈，或者是利用雷達干擾或進行迴避運動、發射鋁箔彈作成鋁箔雲進行欺瞞而已。

「飛彈接近！」

聽到來自CIC室的通報。吳艦長瞇著眼睛。敵人第五護衛艦戰隊的飛彈未免來得太快了。這時，非常警戒的蜂鳴器響起。

『有幾枚飛彈。接收到威脅雷達波。』

敵人的飛彈放出自動雷達，朝向這裡來了。

「全員就戰備位置！」

副長叫道。艦橋陷入慌亂中。

「從哪來的飛彈？」

『來自敵人攻擊機編隊的空對艦巡航飛彈。急速接近當中。』

掠過海面以亞音速飛翔的巡航飛彈，很難被雷達捕捉到。

「方位呢？」

『二八二。』

CIC室回答。

「距離呢？」

『二十公里。』

吳艦長咬著嘴唇。

「幾枚？」

「至少十枚以上。」

接近的距離這麼近，已經没有辦法發射標準對空飛彈了。只好等飛彈進入十二公里圈内時，才可以利用OTO六二口徑七六釐米速射砲將其擊落。七六釐米速射砲在目標進入射程内時，會自動開始射擊。完全自動砲每分鐘八十發，以飛彈接近的速度來看，應戰的時間只有二十秒左右。這期間的發射彈數約爲二十五發。

速射砲的防禦線被突破的話，最後手段則是利用CIWS的二十釐米火神砲進行接近防禦戰。CIWS是全天候型接近防禦火器系統，是由射擊指揮雷達、二十釐米火神砲、門型的砲座、箱型的砲台驅動構造，以及電子裝置五個單體所構成的。

二十釐米火神砲是擁有六根旋轉槍身的多槍身機關砲。每分鐘一槍身發射五百發砲彈，而同時六根旋轉發射，所以每分鐘能夠發射三千發。有效射程爲二千公尺以下。迎擊接近的飛彈的彈丸發射時間只有五秒鐘而已，在這個期間的發彈數爲二百五十發。必須利用這個彈幕捕捉飛彈，並加以擊破才行。

要擊破飛彈，至少需要有二發以上命中，否則的話，彈頭不會爆炸。因此，爲了提高二十釐米彈一發的貫徹破壞效果，所以使用較重的劣化鈾當成彈體，使用堅固的鎢合金當成彈芯。

「飛彈接近！距離十二。」

「飛彈的數目爲十四枚。」

前甲板的OTO七六釐米速射砲開始發射砲彈，僚艦的七六釐米速射砲也同時開始砲擊。

「擊落三枚敵人飛彈！還在接近中。」

來自CIC室的報告。吳艦長命令操舵手。

「取滿舵！全速前進。」「取滿舵！全速前進。」

改變船艦的動向，混淆接近中飛彈的自動雷達裝置。

「發射鋁箔彈！」「發射鋁箔彈。」

艦橋邊響起發射幾發鋁箔彈的聲音。吳艦長從艦橋窗看著海面。鋁箔彈在海面形成銀色的雲，大約二十秒內鋁箔雲不會消失，會一直瀰漫在海面。艦首急速朝左旋轉。艦朝右手邊傾斜，波濤拍打著艦首。

「擊中二枚。還有二枚朝本艦接近。」

CIC室報告。偵察員一邊戴著望遠鏡，一邊興奮地叫道：

「艦長，發現飛彈！兩點鐘的方向。」

「一點鐘的方向也發現飛彈！」

吳艦長離開座位，凝視著亮度逐漸增加的海面。兩點鐘的方向確認越過海面飛過來的小黑影。聽到二十釐米ＣＩＷＳ的吼叫聲。二十釐米ＣＩＷＳ發射砲彈時，會發出如牛叫般的聲響。

『飛彈還在接近中！』

吳艦長心中想，會被擊中了。

黑影突然好像蛇抬頭似地彈跳起來，二十釐米機關砲彈瞬間命中黑影，巡航飛彈的彈頭裂開。看了閃光，傳來小爆炸聲響。

就在同時，一點鐘方向的黑影也突然彈跳起來。ＣＩＷＳ不斷地發射機關砲彈。這時飛彈衝向船艦的方向。連續發射鋁箔彈，在船艦的周圍遍撒鋁箔雲。ＣＩＷＳ還在吼叫著。

吳艦長手扶著舷窗的窗邊，準備迎接接下來的撞擊。飛彈衝入鋁箔雲中，爆炸了。船艦因爆風覆蓋而搖晃。

「太棒了！」

艦橋的偵察員和戰鬥員大叫，鼓掌叫好。不知道是ＣＩＷＳ在千鈞一髮之際擊中飛彈而使飛彈裂開，還是飛彈彈頭的接近信管因爲鋁箔雲而啓動爆炸。

總之，飛彈被擊落了。吳艦長裝出平靜的樣子，坐回座位上。戰鬥還要持續下去，還不能掉以輕心。

二十釐米ＣＩＷＳ與七六釐米速射砲還是朝向虛空發射砲彈。還沒有擊落全部的飛彈。

「ＣＩＣ室？」

『剩下兩枚，朝「仁陽」接近中！』

吳艦長隔著艦橋的窗，用望遠鏡看著在左舷十公里處附近的「仁陽」。可以看到「仁陽」艦上的七六釐米速射砲冒著煙，鋁箔雲冉冉上升覆蓋艦影。ＣＩＷＳ卻沒有傳出聲響。

這是怎麼回事呢？難道ＣＩＷＳ沒有動作嗎？總之，在船艦前方的海面飛彈爆炸了。ＯＴＯ七六釐米速射砲粉碎了一枚飛彈。

『擊沉一枚！』

另一枚開始彈跳運動。

「擊中了！」

用望遠鏡偵察的偵察員叫道。飛彈鑽入「仁陽」艦。不久之後「仁陽」的後部船體冒出黑煙。

艦橋恢復了平靜。田司令靜靜地命令道：

「通信士，詢問『仁陽』損害狀況。」

通信士複誦。吳艦長命令操舵手將艦首轉回原先的航路。

「迅速回到第二戰。」「迅速回到第二戰。」

通信士叫道：

「來自『仁陽』的聯絡。機關部嚴重破損，發生火災。機關部進水中，不能航行。請求援助。」

「好，立刻前往救助組員。聯絡『祥陽』也前往救助。」

吳艦長看著田司令這麼說著。田司令也用力點點頭。

通信士又大叫道：

「司令，來自第二艦隊司令的聯絡。第二艦隊也遭受敵人空對艦飛彈的攻擊，損害相當地大。」

「損害的狀況如何？」

田司令皺著眉。第二艦隊的驅逐艦和六艘護衛艦都是沒有改良的舊式艦，雖然具有對潛作戰用的裝備，但是對空雷達和對空武器卻非常脆弱。

「被擊沉一艘驅逐艦。一艘護衛艦損害嚴重，不能航行。」

艦橋瀰漫著悲痛的氣氛。

10

南少校將「經國號」的操縱桿還原。戴著手套的手掌中冒出汗來。

『閃躲掉全部的飛彈。』

聽到鍾中尉的聲音。告知飛彈接近的警告裝置停止聲響。南少校鬆了一口氣，同時利用燃料計確認殘存的燃料，還可進行十五分鐘以上的空中機動戰鬥。

敵人的空對空飛彈R—二七，被南少校的「經國號」雷達干擾所欺騙，朝著錯誤的方向飛去。而從另一方向接近而來的一枚飛彈，鑽入南少校機所發射的鋁箔雲中，自己引爆。

高度三萬呎。

越過頂蓋環視周圍，陽光非常地耀眼。看到以白雲爲背景的僚機。

南少校對著通話器叫道。

「全機無事嗎？」

『Two OK。』

『Four OK。』『Three OK。』

聽到來自二、四、三號機的回答。部下們全都無事。

「各機檢查燃料殘量！」

各機檢查燃料後回答，殘量大致相同。

「全機集合。」

南少校一邊朝右旋轉，一邊下達命令。發現僚機接近中。

『敵機編隊接近！』

聽到鍾中尉的聲音，南少校看著HUD的雷達表示。HUD的雷達捕捉到敵機的機影。

『距離四十公里。方位二七九。目標以九六〇節接近中。』

「全機，ACM準備！」

南少校下達ACM空中戰準備的命令。接到來自E－二C的情報。

『敵機編隊爲殲擊七型Ⅲ十二架，以及殲擊八型四架。』

「採用ECM（電子對抗手段）。」

南少校命令各機。發動干擾敵人雷達和電子裝置的先發制人攻擊。在後部座席的鍾中尉按下ECM的開關。

殲擊七型Ⅲ是MiG—二一的改良最新型。配備西方的電子機器，比以往的殲擊七型力量更強大。

殲擊八型提升了殲擊七型的性能，爲雙發引擎，是中國自行開發的新型戰鬥機。美國的格拉曼公司曾經協助參與技術開發，但是因爲天安門事件而終止了技術合作。後來中國導入俄羅斯和以色列的技術，進行殲擊八型的開發。

十六比四的作戰。一架要應付四架敵機。到這種地步，即使是高性能的「經國號」也處於不利的立場。先用中距離飛彈擊潰半數。我方的飛彈彈數爲十六發，全部發射且命中率爲五〇%的話，就能夠擊落八架。如此一來就變成八比四，一架只要應付二架敵機就可以了。

武器形式爲空對空飛彈形式。

可以發射四枚天劍二型飛彈。天劍二型空對空飛彈爲半自動式的中距離飛彈，具有與美國中距離空對空飛彈AIM—一二〇AMRAAM的性能。射程五十公里，能夠同時攻擊多目標。

敵人目標已經在射程內。南少校下達命令。

「全機準備發設對空飛彈，目標爲殲擊七、八型編隊。」

通話器傳來喀滋喀滋聲音，全機傳達瞭解的訊息。在忙著操縱操作時，架駛員會讓通話器的開關喀滋喀滋地作響表示ＯＫ。南少校鬆開操縱桿，飛彈發射按鈕的裝置。

「散開！取得高度。」

全機都只用聲響來回答。南少校拉起操縱桿，將機頭朝向方位二七九的方向，急速上升。蒼穹朝天邊擴散開來。太陽從東邊的水平線探出頭來。理論上是要採用背對太陽的攻擊。

高度四萬呎。

『敵人目標距離三十！高度三萬五千。雷達鎖定。』

鍾中尉的聲音從通話器中傳來。ＨＵＤ的雷達表示上的記號忽明忽滅。雷達決定四個目標，進行鎖定。

「發射！」

南少校毫不猶豫地按下按鈕。瞬間有四枚天劍二型飛彈從機翼下發射，劃破長空，拖著白煙的尾巴飛翔。而僚機的天劍飛彈也拉出了幾條白線，衝入虛空中。

南少校放倒操縱桿，好像追趕飛彈似地開始下降。爲了誘導天劍二型飛彈，一定要持續雷達鎖定。

『距離二五。敵人也發射了飛彈！』

鍾中尉大叫著。敵人也開始反擊了。

南少校檢查武器，剩下四枚自動對空飛彈天劍一型。天劍一型飛彈是美製AIM—九響尾蛇飛彈的複製品，爲紅外線追蹤方式的短距離空對空飛彈，射程八公里。如果能夠繞到敵機的後尾發射的話，命中率達九〇%，是非常優秀的飛彈。

如果是接近格鬥戰，則必須依賴天劍一型飛彈以及火神機關砲。

「距離二十。目標……」

鍾中尉的聲音突然停住了，因爲插入了E—二C管制官的通話。

「白頭翁呼叫大胡蜂。新的戰鬥機編隊高速接近中。距離六十。方位三三〇。從速度、搜索雷達波看起來，機種是Su—二七。」

遭糕了！南少校緊抿著嘴唇。天劍二型已經全部發射了。集中全力應付殲擊七、八型。

「這是大胡蜂。白頭翁，有沒有同志的支援。」

「敵人的攻擊遍及整個海峽。因爲敵人的飛彈攻擊，雷達網和通信網都混亂了。我方的戰鬥機隊在各空域與多數的敵人交戰中，沒有辦法顧及此處。」

「七七的十一在何處？」

新竹基地第十一大隊是和「經國號」並稱爲最新銳的F—一六戰鬥機隊。F—一六最適合對抗Ｓｕ—二七戰鬥機。

『七七的十一（第十一大隊）彈藥用盡，全機回到基地，沒有辦法立刻回到戰線上。現在，八一的八九（第八大隊第九中隊）正在前往中。在十一回到戰線之前，和八九一起並肩作戰吧！』

八一是花蓮基地的暗號。花蓮基地的第九中隊是一代前的Ｆ—五戰鬥機隊。Ｆ—五不可能抵擋最新銳的Ｓｕ—二七戰鬥機。南少校咬著嘴唇。

「只好試試看囉！告知全機。」

『與目標距離十三！飛彈到達時刻。』

鍾中尉大叫著。同時，敵人飛彈接近的警報也響起。南少校眼睛看著ＨＵＤ的雷達表示，忙著將操縱桿上下左右地移動，旋轉機身，持續發射鋁箔彈。聽到尖銳的電子音。

『一點鐘下方。飛彈！』

南少校瞬間將操縱桿往左移動，一邊滾動機身，一邊急速上升。黑影從右方掠過飛翔，鑽入鋁箔雲中，瞬間閃出白光爆炸。警報停止，南少校將機身恢復水平狀態。雷達仍然鎖定敵人目標。

「天劍如何？」

「命中。擊毀敵目標一架。還有一架從雷達上消失。」

聽到鍾中尉的聲音。

「三號，擊毀一架。」

傳來三號崔上尉的聲音。

「二號，一架。」「四號，二架。」「三號，又擊毀一架。」「二號，又擊毀一架。」

陸續接到報告。南少校叫喚E—二C管制官。

「白頭翁請用雷達確認。」

「瞭解。全部八架，不，還有一架。擊落九架。殘敵為七架。」

E—二C管制官告知。南少校露出會心的微笑。

「大胡蜂，瞭解。」

「敵機十點鐘下方！」

鍾中尉叫著。HUD雷達捕捉到敵機的機影。南少校用手指按著天劍一型飛彈的按鈕。

「敵機視認！」

南少校通話器響起二號機平中尉的聲音。

「全機衝鋒！」

南少校怒吼著，將操縱桿往前倒。

「經國號」的機身一氣呵成地朝下急降。

11

『雄蜂目標到達時刻！』

接到來自CIC室的通報。吳艦長看著暗紅色的天空。CIC的報告顯示在天空的各處都正在進行激烈的空戰。天空中蒼白的月亮逐漸失去了光芒。

天開始亮了。原本鉛色的海洋漸漸加深了藍色的程度。

眼前出現冒著黑煙、苦悶的驅逐艦「仁陽」的傾斜姿態。

後部甲板有海水灌入，下達全員撤退的命令。放下救生艇救助跳入海中的「仁陽」組員。副長探出身子，用擴音器對著作業的甲板員叫道：

「快點！動作快一點！敵人的飛彈來了。」

在「仁陽」的對面有僚艦「昇陽」。如果不趕快結束對「仁陽」的救助，「昇陽」無法移動。

『有敵人飛彈接近。』

CIC室告知。標準對空飛彈雖然擊落大半的敵對艦飛彈，但是還有幾枚突破防衛線飛來。自動發射的前甲板的一二七釐米速射砲和OTO七六釐米速射砲開始射擊，在目標的前方形成彈幕。吳艦長命令戰鬥戰術士官：

「進行雷達干擾！」

敵人的HY—2的雷達周波數已經知道其頻率了，只要放出同樣周波數的雷達波，就可以干擾飛彈的自動雷達。

『向司令部報告，雄蜂命中敵艦三艘。』

接到CIC的通報。田司令立刻放鬆了臉上緊張的表情。

「很好。」

『又命中二艘敵艦。』

CIC追加報告。敵軍第五護衛艦戰隊的十艘中，有五艘受損，的確是非常好的戰果。

『擊落敵人飛彈。剩下兩枚，還在接近中。』

CIC報告。話還沒說完，右舷的海面上響起爆炸聲。七六釐米砲的彈幕引爆敵人的飛彈。接著二十釐米CIWS發出特有的發射聲。

『還剩下一枚。飛彈高速接近。』

「三點鐘方向有飛彈！」

偵察員叫道。吳艦長看著三點鐘的方向。掠過海面飛來的黑點就在那兒。CIWS怒吼著。二十釐米機關砲彈湧向黑點。海面上濺起水花。吳艦長在心中吶喊著：命中吧！

黑影爆炸，衝入海面，濺起大水柱。吳艦長鬆了一口氣，擦拭汗水。

『敵人飛彈全部擊毀。』

CIC室告知。吳艦長和田司令面面相對。艦隊決戰事實上是獲勝了。

但是，戰爭並沒有結束，還有北海艦隊的強敵。而且，南方還有南海艦隊控制。戰爭現在才開始。而我們已經失去最重要的飛彈驅逐艦「仁陽」。五艘比一艘，就數量上來看好像是敵人受了較大的損害，但是一艘「仁陽」可以比得上敵人舊式艦五艘，也許更多。所以，不算是獲勝。

吳艦長振作精神說道：

「艦長，『仁陽』沉沒了！」

戰鬥士官叫著，吳艦長看著左舷的「仁陽」。「仁陽」的艦首高高抬起，冒著白色泡沫從海面往下沉。

「向『仁陽』敬禮！」

吳艦長下達命令。自己採取立正的姿勢，手抵住額頭敬禮。汽笛也發出悲傷的長鳴。

驅逐艦「仁陽」從艦尾沉入深邃的大海中，最後海面上殘留一大面的泡沫。

12

發現敵人殲擊八型的機影。HUD表示的圓形標識變成四角形。

鎖定。南少校等待飛彈的紅外線感應器感應敵機並鎖定。感應機捕捉到敵機之後，響起了電子音。

「可以了！」

南少校按下天劍一型飛彈的發射按鈕，霎時機身變輕，翼下最後兩枚天劍飛出，白煙追逐著敵機。

敵人的殲擊八型開始旋轉急速上升、下降，發現有光影從背後照射。一枚天劍鑽入空中，爆炸散開。

怎麼回事？

南少校感到很吃驚。敵人拼命地閃躲飛彈，但是根本無用。另外一枚天劍飛彈擊中敵機，響起爆炸聲，敵機冒出黑煙，開始墜落。駕駛員從機艙逃出。

「攻擊！」

南少校拉起操縱桿，機頭朝上。擊落兩架飛機。檢查燃料殘量，燃料所剩無幾。武器方面因爲已經用完了天劍飛彈，因此只剩下槍砲。

M六一／A一火神砲用油壓的方式讓六座槍身旋轉，同時每分鐘可以發射六千六百發的二十釐米機關砲彈。搭載彈數九百四十發。一秒內最大射出一百一十發。所以，全彈用盡只需十秒鐘。但是，二十釐米機關砲彈的破壞力非常大，擊落敵機只要機身中兩、三發砲彈就夠了。

『少校，兩點鐘方向有敵機。』

聽到鍾中尉的聲音。一邊上升，一邊朝右旋轉，機頭朝向兩點鐘方向。

瞥見敵機的機影，由機影判斷是殲擊七型Ⅲ。敵機接近四號機，因爲太過於接近，所以敵機無法使用飛彈，只好發射機關砲。

「四，後面有敵機。我來支援。」

聽到喀滋喀滋的回答。四號機的朱中尉拼命閃躲敵機。殲擊七型Ⅲ的缺點就是雖然具有MiG－二一特有的構造，但是，操縱席背後的視野很差。因此，拼命追蹤目標卻沒有察覺到背後有敵機逼近。

「反轉，不能被敵機鎖定！」

南少校大吼著，開始追擊敵機。

HUD的雷達表示出現敵機的影子。已經鎖定敵機。南少校對著四號機大叫著。

「急速上升！」

聽到喀滋喀滋的回答。四號機開始急速上升。

霎時，四號機的機翼粉碎，聽到慘叫聲。

「跳傘！」

南少校叫道。

四號機開始墜落。

「畜生！」

表示射線的十字及表示射擊距離的圓形標識顯示。南少校微妙地操縱搖控桿，讓圓形的標識和敵機的天線重疊。十字標識和圓形標識一起移動，與天線重疊。

就在千鈞一髮之際，拉起操縱桿的板機。發射砲彈之後，機身震動。

飛翔的二十釐米砲彈被吸入殲擊七型Ⅲ的機身和主翼中，霎時機身裂開。爲了躲避四散的機身，南少校將機身朝左旋轉。殲擊七型Ⅲ的機身冒著黑煙，反轉之後開始墜落。

看著四號機冒著黑煙墜落到海面，朱中尉並沒有逃脱。南少校抿著嘴唇。

『殘敵脱離戰場！』

鍾中尉告知。

「報告擊毀機。」

『三號擊毀一架。』『二號，一架。』『四號，無。』

自己擊毀了三架，總計七架敵機當中擊毀了五架。而我方有一架被擊毀。

『大胡蜂，十一出發。貴隊立刻脱離戰場。』

聽到E—二C管制官的聲音。

「瞭解。與十一交替。」

『敵人編隊接近！Su—二七編隊。距離三十。鎖定。』

鍾中尉叫道。南少校檢查機關砲彈殘數。發現殘數因爲先前的射擊，減少爲八百八十發。檢查燃料殘量，只能夠回航，沒有餘地和Su—二七戰鬥機作戰了。如果還盤旋在戰鬥空域，會成爲敵人飛彈的標靶。

「告知全機。RTB。」

RTB就是回航基地的意思。僚機回達「瞭解」。

南少校加速將機頭朝向基地時，發出大量的鋁箔彈，目的是爲了閃躲敵人追蹤的飛彈。接著又射出了幾發模擬彈。

「經國號」的三機編隊全速開始脫離海峽。

第二章　廣東軍決斷

1

臺北・中華民國總統臨時辦公室　七月二十日　晚上七點十五分

電視新聞節目的男主播壓抑興奮的心情，報導今天天亮開始中國軍攻擊的事件。

『…今晚國防部發言人召開記者會中，發表這次中共的東風飛彈進行無差別攻擊，主要是對於臺北及高雄都市地區、台灣西海岸線主要都市以及軍事設施一百多處進行的攻擊。但是，包括愛國者飛彈在內的防空飛彈，在事前擊落大半的攻擊飛彈，因此只有一部分的設施受損，對於國民生活不會造成任何的妨礙。根據國防部的估計，敵人的東風飛彈三十五枚都被愛國者飛彈擊落。

飛彈攻擊的同時，多數的中共空軍機及海軍艦艇發動攻擊，但我陸海空三軍在各地反擊敵人，擊退敵人，同時使得中共軍隊遭遇極大的損傷。根據先前國防部的調查，至少擊落了中國空軍敵機四十三架，以及擊沉中國海軍飛彈驅逐艦十三艘以上，或者是受到極大的創傷。擊落的空軍軍機中，還包括中國最新銳戰鬥機殲擊八型二架在內。

而我空軍ＩＤＦ「經國號」Ｆ—五戰鬥機等二十一架被擊落，海軍艦艇方面包括一艘最新的飛彈驅逐艦在內，損失五艘。陸軍雷達設施等也被飛彈破壞，不過就整體而言，損害輕微。這次戰鬥的死傷者到目前爲止，包括平民在內，爲一千二百人以上。陸海空三軍戰死者合計一百二十二名，受傷者六百人以上。而平民死者五十四人，受傷者五百二十人以上。相信繼續調查的話，死傷者人數還會陸續增加……。』

李登輝總統雙手交疊，一直盯著電視畫面。附近的閣僚們也坐在椅子上，側耳傾聽電視報導。

『這一次中共對我們發動攻擊，李登輝總統召集內外記者召開記者會，呼籲國民保持平靜。總統在記者招待會中强調，我國面臨本世紀最大的危機，希望國民能比以往更爲團結、統一。

在臺灣各地都對於中國殘虐無道的無差別攻擊，展開憤怒的示威及集會。雖然沒有任何一枚飛彈掉落在首都臺北，但不知道今後中國軍隊又會在何時發動飛彈攻擊，因此首都警備總部呼籲市民保持嚴密的警戒……。』

李登輝總統臉上露出焦躁的表情看著電視，同時對閣僚說道：

「損害輕微嗎？爲何不把事實告訴國民？這樣的話，如何能瞭解輿論呢？這樣一來，不就和以前的日本一樣，軍方發表謊言而失去國民的信賴，這是最可怕的事情。我不是說過好幾次了嗎？」

李總統責罵國防部長謝毅。

「是的，真是抱歉。但是，如果在現階段告知實情的話，恐怕會將重大情報洩露給敵方，因此暫時不發表。在這一點上，參謀總長和我的意見相同。」

參謀總長朱孝武平常和國防部長謝毅對立，但是在這一次的情報操作上卻持相同意見。

「是的，正如國防部長所說的。」

朱參謀總長看著手邊的報告書說道：

「老實說，東風飛彈所造成的損害出乎意料之外地大。」

「我已經從錢建華輔佐官那兒聽說了。但是，我想從參謀總長這兒聽到直接的詳情。」

朱參謀總長好像猶豫了一下子，終於開始說明：

「分布在西海岸的雷達網及防空網受到極大的損害。有十一處雷達網、四處通信設施、十七處防空飛彈基地、電源設施及火力發電廠遭到破壞。有大半的雷達防空網及通信網無法發揮機能。即使全力修復，恐怕也要花上三個月的時間才能完全恢復原狀。」

「嗯。看來愛國者飛彈也無法發揮很好的作用嘛！」

「是的。遺憾的是被愛國者飛彈擊落的飛彈，事實上只有十三、十四發，不過還算做得不錯。畢竟與對岸的距離太短，探測之後再追蹤發射的時間非常短暫。如果遭遇飛機攻擊的話，愛國者飛彈是非常有效的迎擊手段，但是，要擊落超音速飛翔的彈道飛彈，力量的確稍嫌不足。」

「根本無法全面依賴嘛！」

「空軍基地方面，包括清泉崗基地在內，有十九處受損。機庫被損壞，管制設施也遭到破壞，基地機能大幅度降低。」

「飛機的損害正如發表的內容嗎？」

「被擊毀的機數包括飛彈在地上破壞的機數在內，總計四十一架以上。其中包括最新的『經國號』戰鬥機三架，F—一六戰鬥機二架。」

「敵機的擊毀數呢？」

「就如發表上所說的。敵人的海軍艦艇也如發表的數字一樣。在這一點上雖然也可以發表誇張的數值，可是恐怕這樣敵人就會知道我們發表虛假的資料了。這裡有詳細的資料。」

朱參謀總長將報告書交到李總統手中。
李總統看著文件，戴著眼鏡仔細閱讀文件。
發射的東風飛彈數目確認爲一一八枚，擊毀數十五—十六枚。

中國空軍軍機	擊毀數
殲擊六型改良型	十九架（其中十架未確認）
殲擊七型	十二架（其中三架未確認）
殲擊八型	二架
不明機種	十架（其中六架未確認）

中國海軍艦艇	
飛彈驅逐艦	三艘（二艘被擊沉，一艘嚴重受損）
普通型驅逐艦	五艘（二艘被擊沉，三艘中度受損）
飛彈護衛艦	二艘（一艘嚴重受損，一艘中度受損）
護衛艦	三艘（一艘被擊沉，二艘中度受損）
飛彈高速艇等	數目不明

「我方海軍的損害也是事實嗎？」

李總統從報告書上抬起頭來，詢問朱參謀總長。

「飛彈驅逐艦『仁陽』被擊沉。此外，還有二艘普通型的舊式驅逐艦，以及未改良的二艘護衛艦被擊沉。除了『仁陽』以外，都是對空系統脆弱的艦艇，今後必須趕緊强化對空武器。」

「爲什麼『仁陽』會被擊中呢？『仁陽』應該是現代化改良的武進三號級戰艦啊！」

謝國防部長緊抿著嘴唇，朱參謀總長尷尬地說道：

「因爲CIWS故障，中途失去作用。在戰鬥中也會發生這種偶發事故。」

謝國防部長搖搖頭。

「如此一來，飛彈艦隊不是減少爲五艦體制了嗎？」

「不，海軍司令部目前正在實驗中的新型飛彈護衛艦『康定』，可以趕緊加入第一艦隊，恢復原先的六艦體制。」

「哦？什麼是『康定』？」

李總統詢問。

「是在法國建造的護衛艦一號艦。將來預定建造六艘，現在二號艦『西寧』在法國實驗中。『康定』上個月才剛回航到我國，目前正在進行組員的熟悉訓練，打算增艦。」

李總統環視閣僚和軍幹部們。

「這次的攻擊總算勉强進行防衛。接下來中共軍隊到底會怎麼做？」

參謀總長朱孝武挺胸說道：

「這次我軍將不會再處於被動的狀態下受攻擊，打算以第一艦隊爲主進行反擊。反擊要向封鎖海峽的東海艦隊進行決戰，打算要將其擊滅。對於艦隊決戰，我軍艦隊應該會獲勝。」

「是嗎？」李總統高興地點點頭。

「第一艦隊的攻擊在海峽北側出入口的東海艦隊第五護衛艦戰隊，被第七護衛艦隊支援的第五艦隊，攻擊在尖閣列島海灘敵人的第四護衛艦戰隊。結果雖然失去了『仁陽』，但是讓對方東海艦隊第四護衛艦戰隊以及第五護衛艦戰隊蒙受極大的損害。敵人艦隊二十艘當中，有十五艘被擊沉或嚴重受損。事實上，東海艦隊的兩個護衛艦戰隊遭到毀壞。我國海軍方面的損害則是第二艦隊失去兩艘主要艦，以及兩艘護衛艦，不過都是老舊的艦艇。武器方面也是舊式驅逐艦和護衛艦。我國第七艦隊雖然是從美國接收的濟陽級巡防（護衛艦）艦隊，但是卻毫髮無傷地打贏這場海戰。敵人失去東海艦隊的護衛艦戰隊，受到很大的衝擊。看來，今後將會利用主力北海艦隊代替東海艦隊。所以，這一次的海峽海戰只是一個開端而已。」

朱參謀總長喘了一氣，繼續説道：

「中共軍隊的想法應該是這樣的。利用潛水艦隊持續對我國進行海上封鎖，另一方面，利用飛彈攻擊進行擊毀我國眼耳鼻的作戰，想要確保海峽的制海權與制空權。而爲了進行真正的侵掠作戰，海峽的制海權和制空權是不可或缺的條件。至少在作戰時，一定要暫時擁有航空優勢與制海優勢。而其佈局方面，則是利用飛彈攻擊我國的雷達網及通信網等主要設施。在這一點上，敵人已經達到一半的作戰目的。關於這一點，我方不得不遺憾地承認這項事實。但是，這一點也不想讓對方知道。」

「真有這種情況發生，隱瞞事實也是無可厚非之事。」

李總統點點頭。

「關於空戰方面，這一次敵人只是對於我們的防空體制進行武力偵察而已。」

「哦?爲什麼呢?」

「敵人空軍的最新鋭機Ｓｕ—二七戰鬥機隊雖然參加作戰，但是避免與最新鋭機『經國號』與Ｆ—一六的直接戰鬥。雖然我軍的Ｆ—一六戰鬥機前往迎擊，但是敵人的Ｓｕ—二七戰鬥軍隊並没有交戰就揚長而去。如果真正發動攻擊的話，Ｓｕ—二七會先擊潰我國空軍的主力戰鬥機，確保制空權。同時，也會總動員殲擊七型改良型和更老舊的殲擊六型，進行我軍無法對抗的飽和攻擊。」

「飽和攻擊？」

「就好像一種人海戰術。雖然武器不佳，但是一次大量使用的話，即使是品質優秀的武器、精良的武裝軍隊也無法應付。即使擁有應付一〇〇目標的武器，但是如果超過一〇〇個以上的目標一次湧來的話，目標無法處理飽和狀態，這就是他們的攻擊方式。」

「原來如此。」

「這次雖然能夠迎擊敵人，但是如果下一次再遭受飛彈攻擊，或者是利用飛機進行飽和攻擊的話，再加上海軍艦艇的總動員，發動海上的飽和攻擊，恐怕半身不遂的雷達網和通信網無法應付，會敗給敵人。這時，敵人就會奪走制空權與制海權。」

李總統看著輔佐官錢建華。錢輔佐官用力點點頭。朱參謀總長繼續說道：

「我軍一旦失去制空權和制海權，中共軍隊就會進攻我國。如果進行陸戰的話，對於中共的物資、人海戰術，我們根本沒辦法戰勝。」

辦公室裡靜了下來。李總統開口說道：

「那麼，你想中共軍隊下一次會在何時展開攻擊呢？」

「絶對不會給與我軍重建雷達網及通信網的時間，所以一定會立刻發動攻擊。但是，要攻擊也必須做補給及準備，因此補給要花多少時間將是勝敗的關鍵。我想，接下來的一週到兩週內很危險。」

「一、兩週嗎？怎麼樣，錢輔佐官、劉仲明准將，在這個期間的工作結果能夠展現成果嗎？」

輔佐官錢建華博士慢慢地點點頭說道：

「應該可以。別無他法。」

「劉仲明准將的工作有成功的把握嗎？」

呂行政院院長感到很訝異，而錢博士則露出會心的微笑。

「進行得很順利。他有話想說。李總統，請您召喚劉仲明准將前來吧！」

「嗯。我也有話想問他，請他進來吧！」

錢輔佐官按下桌上的按鈕，命令秘書官請劉仲明准將到房間來。聽到敲門聲，在秘書官的帶領下，劉准將穿著軍服走進房間。

劉准將向總統打招呼，親切地和總統握手。錢博士也將劉准將介紹給呂院長和薛外交部長認識。劉准將向謝國防部長與朱參謀總長敬禮，雙方對於能夠再見感到非常高興而握手。

「將軍，趕快說吧！」

李總統請他坐在椅子上說道。

「與廣東軍的白參謀長等廣州軍區的首腦和福建軍的參謀們接觸過了。因此，可以知道他們比我們更仔細考慮將來的事情。廣東軍雖然還在迷惘中，但是福建軍有了決定。福建軍在廣東軍也就是說廣東省展開獨立行動時，一定會與其呼應。」

「哦！那麼廣東省的首腦呢？」

「如果條件齊備的話，就會起兵。」

「是什麼條件呢？」

「一是進攻香港、澳門。香港及澳門歸還中國之後，由北京軍的陸海空三軍的精銳部隊進駐。也就是說，在廣東軍管區當中，有北京軍的存在。如果不加以奪取的話，廣州軍管區就好像獅子身上有蟲子似地，獨立也如坐針氈。同時，廣州的出海口珠江口也會被北京控制。」

「原來如此。然後呢？」

「第二就是，南海艦隊要依附廣東軍方面。南海艦隊從背後斬斷海上補給路的話，則廣東省或其同調者即使在大陸再努力，也無法忍受北京軍的攻擊。」

「這點我瞭解。」

「第三則是，東北三省同時進行獨立戰爭。」

「東北三省可能獨立嗎？」

「遼寧軍的首腦們以前是第四野戰軍出身的冷飯組，與廣東軍首腦們具有兄弟的情分。現在已經秘密地在慫恿遼寧軍了。」

「如果這些條件齊備的話，廣東省會獨立嗎？」

李總統探出身子問道。

「的確如此。此外，我國也必須要有一番作爲。」

「哦？是什麼事呢？」

劉仲明准將提出極不合理的條件。

2

上海・中國海軍司令部參謀會議室　七月二十日　下午八點五分

上海還在一片悶熱的暑熱中。雖然已經過了八點，但夕陽依然還未西沉。

海軍司令部某棟建築物的窗子，映著從黃浦江茶褐色水面反射的夕陽餘輝。東浦大橋吊橋的彼端聳立著東方明珠電視塔。

人民解放軍海軍參謀長劉大江海軍少將面露不悅的表情，瞪著狀況表示板。狀況表示板上畫著包括臺灣在內的東海海域全境。

雖說給與敵人艦隊相當大的打擊，但是我方的損傷卻出乎意料地大，可以說是完全失敗。昔日中央軍事委員會副主席劉華清海軍上將所擔心的事態終於發生了。

劉副主席以往認爲應該要急速進行海軍的現代化，希望能夠從沿岸防禦型海軍蛻變爲現代化的海軍，盡可能及早建設外征派遣型海軍。而劉大江本身被派遣爲海軍司令部的參謀長，就是希望他能夠實現劉華清的大海軍構想。以航空母艦爲主，再加上海軍航空、海軍步兵，海面下四個方面向建立綜合打擊戰力，這才是現代海軍應有的姿態。

以往的中國海軍只不過是陸軍的支援戰力，戰爭的主體爲陸軍步兵，對於攻擊而來的敵人，海軍只不過是用於防禦敵人從海上進攻或是支援陸上部隊。因此，由劉華清副主席爲主的海權派的主張，認爲應該轉換沿岸防禦戰略，讓海軍擁有陸軍無法進行的對他國報復及打擊、遠洋權益的防衛、對遠地的防禦進攻等的獨自戰力。

在這些海軍再建構想之下，從北海艦隊開始，出現集中式的現代化改良計劃。其次，東海艦隊也打算進行現代化的改良，而東海艦隊的主力第四護衛艦戰隊以及第五護衛艦戰隊，卻因爲敵人的艦對艦飛彈而遭遇毀滅性的打擊。第五護衛艦戰隊包括二艘舊式旅大Ⅰ級飛彈驅逐艦、一艘飛彈護衛艦在內，總計八艘被擊沉或是遭到嚴重的毀壞。而第六護衛艦戰隊包括一艘旅大Ⅰ級飛彈驅逐艦、一艘飛彈護衛艦在內，總計五艘被擊沉或遭到嚴重的毀壞。其他受到中度損壞的艦艇也不少，而趕緊駛回軍港。

因此，東海艦隊的水上艦戰隊，除了飛彈高速艇戰隊及魚雷艇戰隊以外，戰力全都降低了。

先前已經說過好幾次，接近戰防禦手段特別脆弱，幾乎沒有辦法擊落進攻而來的「雄蜂Ⅱ型」反艦飛彈，艦隊只有閃躲的份。如果配備了從西方諸國那兒秘密購買的CADS等最新接近戰防禦武器的話，應該可以避免這些事態。

真是失態啊！劉少將咬牙切齒，聽著作戰參謀華少校用沉痛的聲音報告。

「……基於以上的觀點，總括來說，我國海軍艦艇必須火速進行現代化改良。這次的海戰敗給敵人的現代化飛彈艦隊第一艦隊，但是可用已經進行現代化改良的我國的北海艦隊航空母艦戰鬥群封鎖海峽，再度强化制海權。同時，可利用潛水艦隊對於敵人的艦隊或艦船進行攻擊，這樣的話，敵人一定希望能夠解除封鎖，對我艦隊進行攻擊。這時，我國可以利用潛水艦隊打擊敵人第一艦隊及第七護衛艦隊，否則的話，我國無法確保海峽的制海優勢。」

海軍參謀華少校滿臉通紅地說著。

「你覺得如何呢？周上校？」

劉大江看著從總參謀部作戰室迅速派遣過來的海軍參謀周志忠上校。周上校是劉華清副主席的心腹。

「完全被敵人打敗了。」

周上校很痛苦地說著。

「臺灣封鎖作戰只不過是以潛水艦隊和機雷戰戰隊爲主體的通商破壞作戰。並不是以防空體制脆弱的水上艦艇爲主的機動部隊攻擊作戰。第五、第六護衛艦戰隊支援潛水艦隊，貫徹輔助的任務才對。把封鎖作戰的主體擺在前面，就是一種錯誤的作法。」

「我也這麼認爲。也許對東海艦隊而言，這是太過勉強的作戰了。總參謀部作戰室認爲今後應該怎麼做呢？」

「根據情報部顯示，最需要警戒的敵艦隊是第一艦隊和第七護衛艦隊，還有高雄的第三艦隊，這三艦隊都擁有現代化的對艦飛彈和強力對空飛彈。而如果暫且不討論防空態勢的話，則我海軍的舊式艦艇也是性能大致相同的艦艇。正如華少校同志所說的，可以派遣北海艦隊的航空母艦戰鬥群和南海艦隊，以及東海艦隊的飛彈高速艇戰隊，海空合而爲一，進行艦隊決戰，擊潰敵人的三艦隊。這樣就能夠掌握海峽的制海權。」

「嗯。但是光靠海軍想要維持制海權的優勢，是很困難的吧！」

「你說的對。光靠海軍是無法維持制海權。如果不能同時掌握制空權的話，則會因爲敵人空軍的攻擊，制海權會經常受到威脅。所以確保空軍的制空權和制海權，事實上具有表裡的關係。」

「所以，必須要和空軍司令部共同訂定作戰計劃囉？」

「我也贊同華少校今後要强化利用潛水艦隊的攻擊，分散敵人艦隊力量的想法。必須利用潛水艦開始進行無差別攻擊，瓦解敵人艦隊的力量，使敵人艦隊力量分散，一舉擊潰。則即使敵人艦隊擁有現代化武器，也沒有辦法抵擋我們北海航空母艦艦隊。」

周上校稱讚年輕的華少校，而被稱讚的華少校滿臉通紅。不過，如此一來在其他作戰參謀中卻能抬頭挺胸了。

以往雖然允許潛水艦隊可以對於航行的艦船進行威脅或示威運動，但是不能進行積極的破壞攻擊。東海艦隊的潛水艦隊派遣到臺灣海峽和臺灣東海岸，而南海艦隊的潛水艦隊出動到南海，進行以主要港灣的機雷封鎖，以及在航路上設置機雷的作戰。北海艦隊的攻擊型核子潛艇也出動了，不過只能在臺灣海域的深處機動待命而已。

「現在應該要對潛水艦隊下達攻擊命令，徹底進行通商破壞作戰，完全封鎖臺灣周邊的航路才行。因此，可以擊沉三、四艘不分國籍的外國船舶，相信就沒有船舶敢靠近臺灣了。」

周上校對於劉參謀長提出意見。

劉參謀長看著狀況表示板，上面插著紅旗的艦船好像包圍住臺灣似地分布在附近。而艦船之中有黑色的潛水艦模型。

一旦開始臺灣海上封鎖作戰之後，敢到達臺灣的船舶當然很少。但是，在臺灣東海岸方面的港口，還有由臺灣海軍驅逐艦護衛的運輸船團進出，因此必須要對於這些運輸船團進行攻擊。

「首先命令南海艦隊，在敵人護衛較鬆懈的巴士海峽海域攻擊運輸船團。」

劉參謀總長看著負責潛水艦戰參謀的鄒中校。

「巴士海峽海域有我方的潛水艦嗎？」

「有七艘。從巴士海峽到南海有四艘南海艦隊的普通攻擊型艦，以及二艘非彈道飛彈普通型、二艘北海艦隊的攻擊型核子潛艇。」

鄒中校回答。劉參謀長點點頭。

「下達攻擊命令吧！但是一定要慎重其事。如果不小心攻擊了美日等中立國的艦船，我們在國際上就無法立足了。」

「參謀長，應該進行無差別攻擊。潛水艦沒有辦法一一檢查船隻是否能夠出入臺灣。總之，只要在臺灣近海航行的船隻，全都將它們認定爲敵性船舶加以攻擊，使整個航路都無法使用。」

周上校對劉參謀長說。劉參謀長搖搖頭。

「這樣的話，美日艦隊難道會坐視不顧嗎？」

「美國和日本只不過是紙老虎而已。如果兩國攻擊我國的話，則用核子潛艇將戰略飛彈發設到日本列島及美國本土就可以了，根本是不足爲懼的國家。如果害怕美日，而不用潛水艦進行攻擊的話，則我國會備受欺負。雖說是舊式的戰艦，但是我們擁有一百艘以上的潛水艦。」

周上校靜靜地說著。

「周上校，你的意見是總參謀部的方針嗎？」

「的確如此。是中央軍事委員會承認的方針。」

周上校從資料夾中拿出一份文件，交給劉參謀長。這份文件上記載中央軍事委員會許可，利用潛艦對於在西南航路航行的民間船舶進行無差別攻擊作戰的命令。

「這樣的話也沒辦法了。這不是我決定的，下達攻擊命令吧！」

劉參謀長好像下定決心地點點頭。

作戰會議終於結束。離開會議室之後，周上校走到劉少將的身邊。

「閣下，你的兒子是劉小新中校同志吧！」

「嗯。後來不知道怎麼樣了。」

劉參謀長邊走邊問。兒子小新被派遣到廣東軍那兒去，根據情報傳來，他被廣東軍拘禁了。做父親的當然很擔心，不過身爲職業軍人，絕口不提自己的私事。他不斷地警戒自己，兒子是職業軍人，必須捨我而爲了人民犧牲奉獻才行。相信他自己應該也瞭解這一點。而周上校也能瞭解劉大江的心情，因此在公開場合不願意說出來。

「我知道劉中校的消息。劉中校並沒有被逮捕，有人說他藏在某處。」

「是嗎？到底在什麼地方呢？」

「這還不知道。不過，廣東軍的公安的確拼命在搜索他。」

「廣東軍爲什麼要逮捕我的兒子呢？」

「廣東軍的公安局對於北京公安部提出報告，說他有叛國的嫌疑。」

「怎麼可能！我的兒子絕對不會……。」

劉大江非常生氣，難掩動搖的情緒。

「當然囉！劉中校是接受中央軍事委員會授意而到廣東省去的，這一點絕對沒有問題。」

「那麼，爲什麼？」

「這是爲了隱瞞他們真正意圖的藉口。這些分離主義者似乎在策動一些事情。」

「廣東軍中有與我關係密切的白參謀長，他知道那是我的兒子，我不相信他會做出這種事情來。」

劉大江嘆息地說道。白治國少將是在南京軍事學院時代的同期生，兩人的交情就好像兄弟一般。

「可能發生了更大的問題。」

「是什麼？」

「廣東軍可能和我國的南海艦隊同調，打算反叛。」

「怎麼可能呢？游司令官絕對不允許這種事情發生的。」

南海艦隊司令官游達人少將，是出生於山東省的軍人，和劉大江少將都是劉華清將軍的信奉者。游少將是北京爲了警戒南海艦隊的反叛，而特別在總政治部的安排之下送入南海艦隊的人。

「但是，第一線艦長級中有很多是廣東軍的同調者。即使總政治部下達人事異動的命令，可是他們卻拒絕。既然得到支持，所以總政治部也束手無策。」

劉大江想到這些一線級的艦長們都是優秀的軍人，都是劉大江在海軍幹部培養學校中所教過的學生，根本沒有想過他們會向北京造反。

「你和臺灣的劉仲明准將是兄弟嗎？」

劉大江對這個問題感到非常吃驚。劉大江有兩個弟弟，一個是比他小四歲的劉重遠，重遠是香港的實業家。劉仲明則是比自己小七歲的么弟，在與日本作戰的時候兩人分開直到今日。

「是的，已經有五十年以上沒有見過我的么弟了。」

與劉重遠之間有往來。從二弟那兒知道么弟劉仲明住在臺灣，和自己一樣是職業軍人。客家人的家族或是兄弟不管分別居住在任何地方，都不會忘記這種血緣關係。

很想見劉仲明，但是現在是敵我分明的時刻。在立場上無法見面，也許在不久的將來，兩人會在戰場上相遇吧！真是悲哀的命運！但是，劉大江想這也許是劉家的宿命吧！

「根據來自情報部的消息，顯示劉仲明准將和廣東軍的首腦們頻頻接觸。這一點我想閣下你也聽說過吧！」

「哦！是怎麼回事呢？」

周上校搖搖頭。

「都是一些無聊的傳聞，你不用在意。劉仲明准將也是相當優秀的戰略家，是令敵人感到畏懼的一號人物。」

「嗯。」

聽到別人稱讚自己的親兄弟，劉內心當然感到很驕傲。

「劉仲明准將一定會要求與你接觸。還有人傳說他可能會希望你倒戈，投向敵方呢！」

「如果么弟和我接觸的話，我會勸么弟投靠北京方面。我是不會投靠那邊的。真是無聊的猜測啊！」

「聽說廣東軍想要逮捕劉小新中校，也是出自劉仲明准將的計謀。認爲如果以他爲人質的話，就能夠說動閣下了。」

「笨蛋，即使拿我的兒子來要脅我，我也不會聽從敵方所說的話。」

「我相信閣下不是這樣的人。」

周上校用力點點頭。

「你知不知道是誰在說這些謠言?不用擔心我的事情，請你告訴總參謀部吧!」

劉大江對周上校說。秘書官在司令官室的門前等待。

「閣下，我非常相信你，請你不用擔心。有什麼事的話請和我聯絡，我一定全力以赴。」

周上校敬禮。劉大江點點頭，帶著不悅的表情走進司令官室。

「閣下，劉重遠先生打電話來，他已經到上海了，今晚想見你。」

劉大江皺著眉。剛才還跟周上校談到劉重遠呢!

「住在哪兒?」

「波特曼香格里拉酒店。」

劉大江趕緊拿起話筒，指示總機接香格里拉酒店。

3

廣東省・珠海市近郊　七月二十一日　上午十一點

午間的暑熱還充斥著整個房間裡，雖然打開窗，但風卻不流通。

劉小新拼命搧著扇子，讓風吹在發燙的身體上。躲在這裡已經第五天了。什麼也不能做，必須在房間裡渡過一整天，對他而言真是一件苦差事。這不就好像被軟禁一樣嗎？房間有兩個寢室、寬廣的客廳，還有廚房和儲藏室，是非常奢侈的隔間。但是，幾乎沒有什麼傢俱，每個房間給人的感覺都非常殺風景，很不舒服。但是，與軍隊將校用宿舍的小房間相比，就好像是將軍或黨的高級幹部房間一樣，非常地寬廣。

白天在精密機械工廠的對面，可以看到珠江黃褐色的濁流。

可以遠望到珠江口流域，有悠閒地航行於珠海經濟特區與深圳之間的渡船。

在胡中尉的帶領下來到這個躲藏之處，就是建設於經濟特區內的高層住宅的八樓的房間。原本是經營經濟特區工廠的外國企業家專用的高級住宅，根據胡中尉說，其中一個房間由廣東軍後勤部用公費買到了。

逃出廣東市後花了兩天的時間來到此處，打算經由海路從這兒逃到杭州或上海。但是根據胡中尉說，還沒有做好準備。

雖然覺得即使不用胡中尉的幫助，靠著自己的力量也能夠逃脫，但是還是想觀察一陣子。根據胡中尉說，公安以懷疑他犯有叛國罪的藉口，在廣東省全區佈滿眼線，打算捉拿劉小新，所以要逃走也不是容易的事情。不管是哪一個道路或是港口，都佈滿了公安的眼線。

今後到底會有什麼樣的發展呢？劉小新茫然地看著電視螢幕。

音量放低的電視，播放著海外的衛星節目。不管是哪一國的節目，頭條新聞都是中共軍隊對臺灣發射百枚以上的彈道飛彈進行攻擊，臺灣方面受到極大的損害。而同時在海峽上發生的臺海海戰，反而是臺灣海軍獲勝。

真想趕緊逃離廣東省回到北京。這種焦躁感使得劉小新心情非常地急躁。關於這件事情已經透過胡中尉告訴白少將好幾次了。

聽到玄關的鈴聲，有人來了。劉小新拔出五四式手槍，躲在門後。五四式手槍是中國製托加列夫M五四。

電鈴響了兩聲，又響了一聲，總共響了三聲。是胡中尉。

劉小新安心從門上的窺伺孔再確認一次胡中尉的臉。的確沒錯。打開門。

打開門時，胸前抱滿東西的胡中尉溜進房間。又有另一名男子迅速進入房間，關上了門。劉慌慌張張地收好手槍。

「喂！你打算射殺你的兄弟嗎？」

穿著野戰服的郭中校，笑著站在那兒。

「你不是郭嗎？你怎麼會在這？」

「說來話長，先讓我坐下吧！」

郭中校將軍用背包放在玄關。

「郭中校，這邊請。」

胡中尉請郭中校到客廳。郭中校打開野戰襯衫前方的釦子，用毛巾擦汗，同時坐在客廳的長椅上。

「好熱，好熱！這裡比廈門更熱呢！」

郭中校拿起放在桌上的扇子，拼命地搧著。胡中尉從廚房的冰箱裡取出青島啤酒，將啤酒倒在兩個杯子中。郭中校一口喝光了冰涼的啤酒。

「真好喝啊！」

「你怎麼知道我在這兒?」

劉一手拿著啤酒杯，一邊問道。

「我以福建軍參謀團成員之一的名義而來到廣州。到這兒來原本想和你取得聯絡，後來知道你被公安追捕，逃走了。於是，我運用我的智慧，請求白將軍讓我見你，結果我就被帶到這兒來啦!」

「可是在電話中聽你的說法，好像你打算投靠福建軍。」

「你真是不會聽話，我本來就是福建人，我早就自覺到自己是福建人，我不可能爲了北京人去殺福建人。」

郭中校笑著說道。

「如果說什麼福建人、北京人的話，那麼這個國家不就四分五裂了嗎?中國只有一個，否則的話就會被外國勢力侵略，難道不是嗎?」

「你怎麼還這個說法啊?中國不是一個。中國大陸居住著五十三個民族，各民族應該有使用自己固有的語言、過自己生活型態的權利。即使是民族，也應該有民族自己的權利。中央强制人民說北京話，打算否定民族固有的語言和地區獨特的語言，這是很奇怪的作法。福建省不是北京的國內殖民地。」

「郭，超越民族障礙的社會主義國際主義的理想，現在到哪去了?我們的理想難道不是創造一個讓所有的民族都能平等自由、和平生活的世界嗎？」

「劉，你看看現實吧！蘇聯的作法如何呢？結果只不過是在社會主義的美名之下，由俄羅斯民族統治其他的民族而已。語言方面統一爲俄羅斯語，把俄羅斯民族視爲最優秀的民族，並且進行殖民地統治。

中華人民共和國不就正在做與舊蘇聯同樣的事情嗎？而且，事實上是由並沒有經由人民選舉出來的人當代表治理國家，而是無產階級獨裁爲名義，由任意推舉的人民代表共產黨，以一黨獨裁的方式治理國家，這真的是一個民主的國家嗎？雖然歐美和日本的自由主義制度不是真的很好，但是至少比我國僵硬的全體主義制度更好吧！人民的心聲反應在政治上，而也應該保護少數意見不同的人的權利。可是，現在的中央絕對不承認這種制度，而且利用武力來鎮壓人民。」

「現在還無法辦到。中國再繼續發展下去，成爲真正的共產主義國家的話，就能消除人民的不滿、消除階級差別，建立一個能夠自由平等、和平生活的社會。在此之前會有一些矛盾，也是無可厚非之事。」

「中國自解放以來，已經經過半世紀以上的時間了。但是，卻比西方先進國家更爲落後，不論在政治上或經濟上都是如此。即使經過千年，也不會成爲你想像的中國。要成爲你所想像的中國，中國必須更爲民主化才行。如果持續共產黨的一黨獨裁，中國沒有未來。共產主義的思想就是有效地從人民手中奪取權力，結果假借人民的名義，允許一些革命家獨裁。我們現在應該要清醒，察覺到這一點了。」

「你真墮落啊！你什麼時候被這種反動思想影響的呢？」

劉小新生氣地說著。

「劉，你看看現實吧！例如西藏，爲什麼西藏是中國的一部分呢？爲什麼西藏人民會反抗中國人呢？」

「那只是一部分的西藏人啊！大部分的西藏人都很滿意他們是中國的一員。」

「誰這麼說的？你怎麼知道只是一部分的西藏人呢？是否進行過國民投票呢？沒有經過自由選舉，怎麼知道西藏人的意志呢？」

「這麼說來，你也不知道西藏人是否真的希望獨立囉！的確如此。但是，只要一次也好，讓我們在西藏自治區進行民主選舉或是投票詢問民意，就可以知道了！否則的話，人民可能發動武裝暴動叛亂。」

「等到中國政治經濟更爲穩定發展、社會更安定的話，西藏也可以進行這種民意的選舉或投票了。」

「哼，這沒有任何保障可言。誰能保障這一點呢？共產黨嗎？到時候共產黨又不知道要找出什麼藉口來了！」

「郭，你真的成爲反黨份子了。」

劉悲傷地搖搖頭。郭中校嘆息地說道：

「劉，你太不瞭解現實了。你坦白地看看現實吧！不只是西藏，新疆維吾爾自治區以及廣西壯族自治區，不管哪裡都好，你自己去看看吧！我之所以有這種想法，就是因爲我被派遣到西藏自治區的治安部隊去時才有的。你和我不同，你沒有到那些地方去，你一直很順利地往上爬，所以你不知道現實。」

「我也曾被派到內蒙古自治區去啊！」

「那麼你就應該知道，內蒙古人雖然想和現在的蒙古人民共和國統一，但是中國主張領土權，所以不能夠合而爲一的現實吧！」

「內蒙古人非常滿足於現狀啊！我沒有聽到他們說任何不滿的話。」

「如果蒙古人對於身爲中國人的你洩漏他們不滿的情緒，那不是很奇怪的事嗎？如果洩漏的話，他們不知道會發生什麼嚴重的後果。你是否去詢問過蒙古人的民意呢？」

劉想郭中校所說的也的確有道理。從來不曾和同志們討論過西藏問題或是新疆維吾爾自治區的問題。當時，劉對於把西藏和新疆維吾爾自治區納入中國的版圖中，還有抵抗感呢！因此，他認爲就算讓西藏或新疆維吾爾自治區的人獨立並沒有什麼不好。但是非常諷刺的是，現在自己所說的卻是完全相反的話。

「你有沒有考慮過廣東人的問題？」

「什麼意思啊？」

「你應該知道啊！北京人對廣東人有什麼想法呢？」

劉沉默不語。北京中央對於廣東的警戒就是包括廣州市在內、深圳經濟特區、珠海經濟特區等驚人的經濟發展背景，使得以廣東省爲主的華南地區擁有經濟力，能夠與北京對抗。同時，在軍事、政治方面的發言權也增加了，而且加入香港、澳門在內，形成一大華南經濟圈。

如此一來，促使華南地方的分離主義及地方主義的抬頭，華南地方想要獨立出來，與華北、華中對抗。

「北京希望由你將廣東省納入自己的麾下，因此在軍事方面，廣東軍置身於戰力無法與北京軍管區及濟南軍管區對抗的情況下，如果遭遇外國的侵略，則以派遣中央軍事力的型態來應對，華南等地區只擁有最低限度的軍事力而已。廣州軍管區不設置戰車師團或高度機械化師團，軍事方面隨時處於脆弱的狀態下。中央認爲這樣才能有效地控制他們。」

劉點點頭。總參謀部的確有這樣的想法。

「你想，這種想法是中央按照華南人民的總意決定的，還是中央自己任意決定的呢?總之，暗中得到利益的是誰呢?是中央那些人，還是華南的人呢?」

「維持中國的統一是全人民的總意。」

「是誰決定的?難道不是毛澤東主席嗎?並沒有經過人民投票或選舉詢問民意。黨也盲從毛澤東主席。中華人民共和國要全人民統一，和昔日秦始皇所做的事有什麼不同呢?和唐、清、明、元歷代的中國霸者的全國統一又有什麼不同呢?統治者以爲了人民著想爲藉口，任意地征服地方，擴大自己的版圖，歷代王朝都做同樣的事，而現在的共產黨也藉此名義做同樣的事情，難道你不這樣認爲嗎?」

劉無言以對。

「在解放戰爭時代，反動和敵人的力量較强，没有餘地來選舉和投票啊!」

「是嗎?至少黨在打倒國民黨政府之後，在再建中國的過程中，就應該要詢問民意。更好的馬列主義應該經由選舉來詢問民意才對。如果黨真的認爲自己代表人民的話，就應該要這麼做才對。黨認爲人民非常地愚昧、無知，認爲只有聰明的黨領導者帶領他們，才能夠帶來光明，這就是共產主義的理想。但是，時代改變了。現代人民不是笨蛋，也不愚昧、無知，人民有他自己的想法，用他們的腳站立。人民應該自己來決定自己的事情才對，難道不是如此嗎?」

劉沉默不語。覺得再說下去，自己根本無法反駁郭中校了。自己沒有可以反駁對方的材料。平常，自己在心中就對黨中央及社會主義感到懷疑，而郭中校早就看透了這一點。

「我可以參與討論嗎？」

在客廳的一角，一直側耳傾聽兩人對話的胡中尉，拿著新的啤酒瓶來到兩人中間。

「當然可以囉！胡中尉，妳是廣東人嘛！我想聽聽妳的意見，妳覺得如何呢？」

「我的意見是，華南還是應該獨立成爲一個華南地方。中國太大了，因此應該分出幾個地區來，讓他們各自進行經濟發展。現在比較落後的地區，可以利用因開放經濟而進步的地區，牽引的方式迎頭趕上，這樣的話，中國就不會一直落後於其他先進國家之後了。」

「妳是地方主義者囉？」

劉看著胡中尉美麗的臉龐嘆息地說道。

「你也可以這麼說，因爲我不是中央主義者。」

「妳也贊成中國國土分裂嗎？」

「分裂有理。分裂有它的道理。」

「華南分離獨立，外國勢力會坐視不顧嗎？」

「你認爲外國還會趁機進行昔日的殖民地統治嗎？真是愚蠢的被害者意識。」

胡中尉笑了。

「是嗎？」

「是啊！劉。哪一個國家會來進攻呢？是日本帝國主義嗎？日本海陸空三軍總計只有二十五萬人的兵力，即使日軍擁有高科技的現代化武器，但是想要進攻大陸，以這種兵力是不可能的。難道你認爲是美國嗎？」

「美國依然是超大國。幸且不論日本，美國可能趁機進攻大陸。像越戰就是很好的例子。」

「你真傻啊！蘇聯瓦解時，美國是否趁機攻擊蘇聯呢？如果如你所說的美國要發揮帝國主義政策的話，可以利用臺灣與中國作戰，進行軍事介入。但是，在臺海戰爭中，美國對臺灣只要求其自重，袖手旁觀而已。即使將第七艦隊派遣到海峽，它所能做的也只是數一數飛過頭上的飛彈數目而已。」

「其他歐美諸國還有哪一個國家會來進攻呢？是英國、法國、德國？還是其他國家呢？這些國家都不具有這種國力。」

胡中尉靜靜地說著。郭中校繼續說道：

「是啊！劉。你再看看世界吧！你曾經因爲PKO而去過非洲，你不記得自己當時曾說現在的世界與第二次世界大戰時期及冷戰時期都不同了嗎？當時的劉到哪去了？你冷靜地考慮一下中國自身的狀況吧！考慮一下自己的將來和這個國家的將來吧！」

郭中校對劉說完這番話，便一口飲盡了啤酒。劉默默地看著啤酒杯。

4

廣州市・廣州軍管區總司令部幹部秘密會議　七月二十一日　下午五點

軍管區最高幹部會議已經開了兩小時。

參謀長白治國少將看著圍坐桌前的第四二集團軍，也就是廣東軍的最高幹部們。中央的議長席坐著廣東軍司令官徐有欽中將，左邊是白少將，右邊是廣州空軍司令官崔南准將。白少將旁邊坐著副參謀長王捷准將、姚克强上校及孫光賢上校等師團參謀長。隔著桌子坐在對面座位的是廣西省的第四一集團軍司令官阮德有中將，與同軍參謀長任維鎮少將等高級參謀。

「……現在不能再猶豫了。到這個地步，北京以攻擊臺灣爲藉口，强迫我們派兵到華南地方，就算不想作戰也不得不戰。如果我們拒絕與臺灣作戰的話，相信北京一定會將矛頭指向我軍，進行武裝解除。現在已經不允許我們廣東軍進駐香港了，到時候就會送入直屬北京的陸海空三軍的精鋭部隊，佔據我們的軍區。其意圖非常明顯，他們害怕像香港這種發展地區如果交給廣東省或廣東軍的話，會使我們擁有超越北京中央以上的經濟力，因此才會採取這樣的措施。如果北京在軍事上控制了香港與澳門，就意味著在廣東省的正中央建立了北京軍的橋頭堡，好像把刀插在廣東市的喉嚨似的。相信今後，北京對於廣東軍的壓迫會更强。

我認爲廣東應該由廣東人來治理，同樣的，『港人治港』才是正確的想法。在這一點上，香港的同志們已經保證會支持我們。

北京想要統治廣東的目的不只是軍事壓力而已，也出現在政治的壓力上。根據我們廣東軍情報部得到的情報，不久的將來，北京中央將會派北京人來接替廣東省黨委員會書記及廣東省長的職務。軍隊的總政治部也企圖替換我們廣東軍和廣西軍的現司令官和現參謀長。今年秋天就要進行大幅度的人事更動。

現在絶對不能猶豫了。我們廣東軍決定進行華南的分離獨立，希望廣西軍也和我們同調。」

白少將看著每一位廣西軍的幹部們。事前與大部分的廣西軍幹部們接觸，雖然得到決起的同意，但是司令員阮德有中將和參謀長任維鎮少將還持保留態度。

萬一兩人不同意的話，廣西軍的若干軍幹部可能會使用武力催促他們決起，但是白少將卻不希望使用這種好像政變般的手段。

以前阮中將和任少將等人基本上也贊成華南地方的經濟、政治的自立，並不是採取一面倒向北京的想法。因此瞭解這一點，所以白少將有自信能夠說服他們。

廣西軍如果加入廣東軍的行列，即使廣西省委員會書記或省長等反對，也不會造成任何影響。現在的書記和省長是北京所挑選出來的人，因此，不具有策動廣西軍的力量。

任維鎮少將好像瞪著白少將似地說道：

「但是，白參謀長同志，真的有勝算嗎？」

「嗯。我說過了，只等我們決定。如果廣東軍和廣西軍決起的話，地方軍隊一定會出現割據的局面，事態對我們有利。這先前我都已經全都說過了。」

白少將很有自信地說著。

「如果正如你所說的臺灣軍不動的話，到時又該怎麼辦？」

「到時我軍恐怕會失敗。但是，如此一來，臺灣他們所希望的獨立也無法辦到，相信臺灣軍和我軍一定會共同奮鬥。」

阮德有中將一直在思考，終於慢慢張開眼睛。

「白參謀長同志，你所說的話我也同意。」

聽到這一句話，會議的氣氛霎時輕鬆多了。參謀們面面相對。阮中將制止吵鬧的人群，繼續說道：

「但是，但是……在此之前，我還想要瞭解一件事情。也就是白參謀長同志，廣東的領導者到底是誰，我想直接詢問他本人。」

會議場又陷入寧靜中。出席者全都看著白少將和徐司令官。白少將和徐司令官則面面相對。廣東省的領導者是葉選平。

徐有欽司令員開口說道：

「我知道了。關於今天的會議也通知了葉老先生。事實上在會議的最後，他會出現。」

會議場上一片嘩然。因爲事前並不知道葉選平會出現。這時，會議場的門被打開，徐有欽司令官的副官繆少校走入。繆少校對徐司令官耳語，徐司令官點點頭，站了起來。

「各位同志，現在葉老同志和趙紫陽老同志來了，他們有話對各位同志説。大家一起起立鼓掌。」

門口出現拍著手的葉選平和趙紫陽兩人，而在其身後跟著廣東省委員會書記謝非及廣東省長朱森林。拍手的葉選平和趙紫陽走到徐有欽司令官的旁邊，在握手之前鼓掌聲不絕於耳。

「各位同志，謝謝你們熱情的歡迎。」

葉選平以清楚的聲音説著。趙紫陽臉上露出溫和的笑容，看著葉開始演説。

「我們今日在此表明重大的決定，華南將成爲華南共和國，脫離北京的統治，在此宣布獨立。因此，絕對需要諸位同志的協助……。」

葉選平終於開始了倡導華南獨立的演說，而出席會議的人全都感動地聽著葉的演説。

5

呂宋海峽　七月二十二日　上午五點

灰色的波浪不斷湧現。雨水不停地敲打舷窗，風雨比之前更爲凌厲。氣壓逐漸下降。發生於菲律賓海峽的五號颱風北上，使巴士海峽也掀起了巨浪。

儘管滔天的波浪敲打著十萬噸級油輪『阿鼻小丸』的船頭，但是絲毫感覺不到搖晃。站在艦橋的小川船長，一邊喝著航海員所泡的即溶咖啡，一邊看著前方的海面。

準備迎接暴風雨的來臨，艦橋的偵察員人數增加了一倍。航海士和偵察員各自拿著望遠鏡，持續監視前方和周邊海上的狀況。

『阿鼻小丸』滿載沙烏地阿拉伯的原油，船身下沉到吃水線，一半以上的巨大船身都沉沒在海中。

「船長，到達改變航路地點。距離三英里。」

航海長告知，小川船長點點頭。

北緯二十一度三十分。東經一二一度十分。

如果進入巴士海峽的話，盡可能採取靠近菲律賓領域伊特巴亞特島的航路東進。臺灣海域目前正在紛爭中，可能有浮游機雷，此外也可能會因爲被誤以爲是臺灣籍的油輪而遭到魚雷攻擊。爲了避免這種狀況，不採取以往的西南航路，盡量靠東繞過臺灣海域，從距離西南群島較遠的西南航路繞回日本，這是來自總公司的指示。

「前方的『阿鼻小丸』航向改變朝東。來自聯絡室的無線聯絡萬事良好。」

無線通信士大聲叫道。

『下見丸』是五萬噸級的貨櫃輪，從新加坡以從後追趕的型態跟著『阿鼻小丸』航行。距到達日本的距離還很遠，結伴航行的兩艘船互相依賴。『阿鼻小丸』的背後距離大約一英里左右，有巴拿馬級的『奧莉維亞』號（三萬八千噸）。『奧莉維亞』號是航向美國西海岸的大型貨船。

自從臺灣海峽和沿著東海岸的西南航路被封鎖以後，現在航海中的迂迴路擠滿了油輪和貨船，非常熱鬧。各船間隔一、二英里，好像念珠似地連接在一起航行。

「距離航向變更地點二英里。」

「準備變更航向。減速十八節。」

小川船長下達命令。十萬噸級的巨型油輪在改變航向時不可能立刻轉彎，要在二英里遠之前就慢慢地減速，改變巨大船身的航向。而在操縱船時，最需要小心謹慎。

小川船長用望遠鏡看著煙雨濛濛的海面。前方的『下見丸』的船影被灰色的雨霧遮住了。南國特有的强雨導致視線不佳。

「颱風的位置如何？」

小川船長問負責氣象的通信士。

「颱風位置在北緯二十二度，東經一二五度附近。現在以時速四十公里的速度朝北北東前進。」

「真糟糕啊！這不是特別去追趕颱風嗎？」

風雨增强，表示已經進入五號颱風的暴風雨圈內。

「要放下船腳嗎？」

一等航海士加島詢問小川船長。

「是的，通過巴士海峽之後再放下船腳。最好趕緊通過海峽。」

當然想趕緊通過紛爭海域，因此『下見丸』幾乎沒有放慢船速，就衝進颱風的暴風雨圈內。

所有通過巴士海峽的船舶，都接到來自美國海軍以及日本海上保安廳的嚴重警戒指令。在基隆海岸有一艘臺灣船籍的油輪已經被中國海軍潛水艦擊沉，流出的原油隨著黑潮污染了日本的海域，國際方面全都責難中國。

「船長，接到來自日本海上自衛隊的緊急連絡。」

通信士叫道。

「說什麼？」

「警告在巴士海域航海中的全部船舶，該海域出現國籍不明的潛水艦。嚴重警戒的指示。」

「潛水艦嗎？」

小川船長感到很驚訝。

嚴重警戒，那到底該怎麼做才好呢？雖說是國籍不明的潛水艦，但是對手有限，可能是中國海軍的潛水艦或臺灣海軍的潛水艦吧！否則的話，就可能是俄國海軍或美國海軍的潛水艦。總之，應該不會對於在公海上無害航行中的民間船舶進行無差別攻擊吧！但是，不能夠明白表示自己是哪一國的船籍，只好在船尾的桿子和尾桿上掛著日本旗，表示是日本船籍的船。夜間時爲了讓尾桿上的旗子容易看見，甚至還打上燈光。除此之外，還能做什麼呢？

「通信士，打開警急用的頻道，任何警告都不要漏掉。」

「打開警急頻道的通信迴路。」

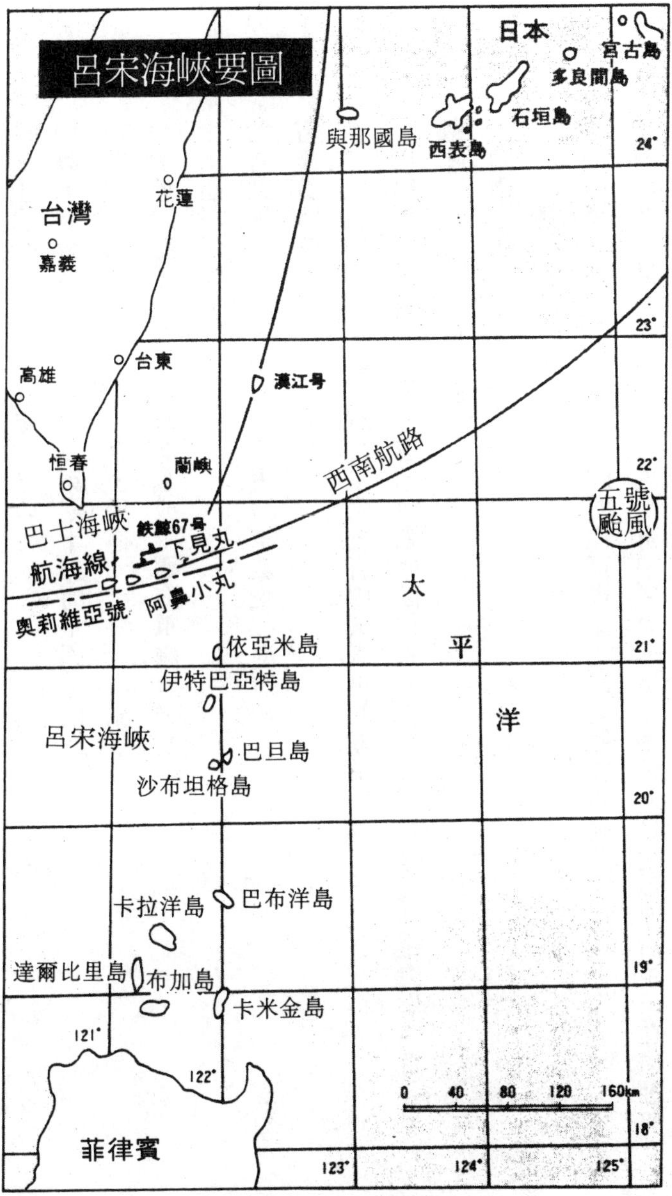
呂宋海峽要圖
日本
宮古島
多良間島
石垣島
與那國島
西表島
24°
台灣
花蓮
嘉義
23°
高雄
台東
漢江号
恒春
蘭嶼
西南航路
22°
五號颱風
巴士海峽
鐵鯨67号
下見丸
航海線
奧莉維亞號
阿鼻小丸
太
平
洋
依亞米島
21°
伊特巴亞特島
呂宋海峽
巴旦島
沙布坦格島
20°
卡拉洋島
巴布洋島
達爾比里島
布加島
19°
卡米金島
121°
122°
0 40 80 120 160km
18°
菲律賓
123°
124°
125°

通信士很有元氣地回答。小川船長一邊看著望遠鏡，一邊說道：

「海上自衛隊的艦船在哪裡？」

「海上自衛艦隊在宮古群島東南十二海里附近的海洋上。」

距離現在的位置大約有三百公里遠。

「附近的海域有沒有臺灣海軍或中國海軍艦艇呢？」

小川船長訊問雷達員。

「看到周邊海域有兩艘菲律賓海軍艦艇在巡邏。」

雷達員回應。而通信士則說：

「方位三〇〇，距離二百公里附近有中國海軍的艦隊。」

小川船長靠近航海長正在看的海圖確認位置。中國海軍艦隊在高雄海岸二百公里附近嚴陣以待。通信員叫道：

「對潛巡邏機在進行巡邏飛行。」

「在這麼惡劣的天候？」

小川船長看著掀起滔天巨浪的海洋搖搖頭。頭上的雲如旋渦般狂奔。

風力計進入最大風速三十公尺，空中氣流一定不穩定。真是不要命了，在這麼惡劣的天候還持續巡邏飛行。

「船長，距離航路變更點一英里。」

操舵手叫道。

6

「潛望鏡深度！」「潛望鏡深度。」

操舵手告知。艦長魏海軍少校大叫。

中國海軍南海艦隊第六潛水艦戰隊所屬的明改級攻擊型普通潛水艦「鐵鯨」六七號，在巴士海峽的近海潛航中。

明改級是舊蘇聯製W級普通潛水艦的改良型。這個W級潛水艦基準排水量一千三百五十噸，全長七十六公尺，爲柴油引擎/馬達的二軸推進方式，最大速度水上十八節，水中十四節。武裝方面，有五百三十三釐米魚雷發射管六門，機雷最多可搭載二十四個。明改級是將W級進行現代化修改的改良級。艦艇本身已經是兩代前的老舊船形型巡邏潛水艦。但是中國海軍方面將其當成現役艦，主要的任務是鋪設魚雷。

「升起潛望鏡！」「升起潛望鏡。」

魏少校將帽子的帽沿繞到後方，握住升起的潛望鏡把手，看著潛望鏡。從冒著泡沫的海面可以看到灰色的海。魏少校讓潛望鏡繞一圈，看看周圍的海面。

從接近水平線的海面可以看到大型貨船的船影。而在其後方跟著巨大油輪的船影。

「艦長，一號、二號魚雷發射管準備發射。」

副長關上尉告知。

『鐵鯨』六七號在南海接受潛水母船的新浮游機雷，潛航到巴士海峽進行第三次的機雷鋪設作戰。爲了接受〇四〇〇時的定時聯絡，因此浮上海面。首先看到是來自艦隊司令部的密碼電文。密碼電文上寫的是『二十二日〇五〇〇時，命令通商破壞作戰』。下達無差別攻擊的命令。

「三號、四號發射管呢？」

「魚雷的換裝還未結束。」

副長回答。六門發射管當中，四門塞滿了魚雷。還沒有從發射管中取出並換裝魚雷。

「放下潛望鏡！」「放下。」

潛望鏡放下了。

「趕緊換裝魚雷。」

魏艦長透過傳聲管對著魚雷發射管室大吼。同時對副長說：

「很好。用兩發擊沉。目標方位一〇五。」

「目標方位一〇五。」

聽到覆誦聲。操舵手轉動舵輪，朝向艦首。

「距離四〇〇〇。」「距離四〇〇〇。」

「一號發射！」「一號發射。」

副長關上尉按下魚雷發射裝置的按鈕，船身發出鈍重的發射音。魏艦長繼續叫道：

「二號發射！」「二號發射。」

關上尉同時按下按鈕。聽到魚雷隨著壓搾空氣發射到海中的聲音。雖然不是立刻聽到，但是可以想像魚雷螺旋槳全開，往前衝的樣子。

「艦長！捕捉到聲納音！」

聲納員大叫著。魏艦長看著聲納員。

「是什麼？」

「潛水艦的聲納音。」

魏艦長擦擦汗。一旦敵人的潛水艦接近進行潛航的話，可就麻煩了。

「方位？」

「一八〇。」

「距離？」

「一萬公尺。」

「深度？」

「三〇。潛望鏡深度。」

什麼時候潛航到這麼近的距離呢？如果是潛水艦對潛水艦戰鬥的話，自己無法戰勝。所發射的魚雷全都是普通型魚雷，沒有誘導魚雷。魏艦長不停地擦著汗。

在這個海域潛藏著許多同志的潛水艦，但是爲了隱蔽活動，都不會知道他艦的動向。難道是我方的潛水艦嗎？如果是同志的話，只要打出敵我識別信號，對方就會回答。

「是敵人還是同志？」

「沒有回答。」

如果對於敵我識別信號沒有回答的話，則是敵人的可能性比較高，或者是對方没有接受到信號。對方也可能會發射出信號。

「没有接收到敵我識別信號嗎？」

「聲納消失了。」

聲納消失表示敵人也知道自己的存在。雖然想知道敵人所在處，但是如果自己這一邊發出聲納音的話，反而會被對方掌握住。

「換裝終了。三號、四號發射！」

副長告知。魏艦長低聲下達命令。

「對潛水艦戰鬥準備！」「魚雷安裝接近信管。」

覆誦一次。

「一號、二號裝填魚雷。」「一號、二號裝填。」

副長重複命令。

「不久就是魚雷到達時刻了。」

魏艦長和關上尉面面相對。魏艦長想應該可以命中吧！這是頭一次的實戰，期待一發必中。

聽到爆炸聲響起。太棒了！魏艦長舉起一隻手來。接著，又聽到另一個爆炸聲響。組員們歡聲雷動。

「艦長！捕捉到敵人的魚雷發射音。有兩枚。」

聲納員非常緊張。魏艦長大叫著：

「急速潛航！深度二〇〇。」「急速潛航。深度二〇〇。」

船艦角度突然傾斜。深水計不斷下降。

深度一一〇。一二〇……。

「艦長，又捕捉到兩枚魚雷發射音。」

「怎麼回事？」

敵人發射了四枚魚雷。如果是誘導魚雷的話，恐怕很難脱逃，但是，還是要盡力閃躲敵人的魚雷。

「準備對魚雷戰鬥。」「準備對魚雷戰鬥。」

「一號，二號準備發射！」

副長告知。已經做好了反擊的準備。

「氣泡發生開始！」「氣泡發生開始。」

操作員按下按鈕。經過現代化改良之後，船身新安置的氣泡發生裝置能夠吐出大量的氣泡。這是利用氣泡欺瞞敵人搜敵聲納的裝置。

「威脅聲納音呢？」

「……。」

聲納員拼命操作無源聲納器，希望能聽到敵人魚雷所發出的搜敵聲納。

「沒有聲納音。」

「怎麼回事？怎麼可能呢？」

魏艦長對聲納員怒吼。

「魚雷的螺旋槳音呢？」

「很遠。」

「怎麼會呢？」

魏艦長和副長面面相對，覺得難以置信。因爲覺得魚雷應該會攻擊自己才對。

操舵員叫道：

「深度二〇〇。」

「恢復水平！」「恢復水平。」

潛水艦慢慢恢復水平。

「引擎停止。」「引擎停止。」

突然聽不到馬達音，四周一片寂靜。

遠處傳來爆炸聲，連續兩發。

「魚雷命中音。二發。」

是我方的潛水艦嗎？魏艦長不禁嘆息。

「魚雷仍然高速航行中。方位一二五。距離一萬。」

還不能掉以輕心。看來敵人的驅逐艦已經來了，如果再待在這個海域，無疑是自殺行爲。我方的潛水艦在攻擊之後，應該也會立刻進行同樣的轉進。

「引擎啓動。」「引擎啓動。」

「脱離戰場。維持原有深度，航路二八〇。」「維持原有深度，航路二八〇。」

「速度十三節。」「速度十三節。」

魏艦長靜靜地下達命令。

潛水艦『鐵鯨』六七號保持深度二〇〇，將艦首的方向轉向南海，開始遁逃。

7

「船長！『下見丸』的樣子很奇怪哦！好像冒出火燄來。」

偵察員叫道。小川船長驚訝地從船長席跳下來，用望遠鏡看著前方。雨已經變小了，在雨煙中可以看到前方『下見丸』的船影冒出黑煙及火燄。

「船長！傳來『下見丸』的國際緊急海難信號。打著ＳＯＳ！」

通信室叫道。

「這怎麼回事啊？」

「是魚雷。受到魚雷攻擊。機關部開始浸水。」

小川船長一陣愕然。

魚雷攻擊！呼叫全員集合的蜂鳴器立刻響起，在船室休息的組員全都被叫起，準備迎接緊急事態。

「請求救助！」

「好。趕緊與海保聯絡，告知『下見丸』遇難。同時告訴『下見丸』船長，我們會前往救助。」

通信士立刻用無線機將消息傳出去。在艦橋原本還在休息、沒有當班的一等航海士佐佐木和水夫長們都聚集而來。

「接下來要到遇難現場去解救『下見丸』的組員。放下快艇。救生艇的指揮由酒井二等航海士負責。」

「知道了，放下快艇。」

酒井二等航海士對韓國籍的甲板員怒吼。組員們全都跑向甲板救生艇。

海上波濤更爲洶湧，就算放下救生艇，在掀起軒然大波的遼闊海洋上要進行救助也非常困難。已經停止航行的『下見丸』左舷大幅度傾斜，不斷地冒起黑煙。魚雷似乎命中左舷的船腹，組員們抓著傾斜的甲板。告知緊急事態的汽笛響起。

「通信士，也緊急聯絡後面的『奧莉維亞』號。請求他們救援『下見丸』號。」

「瞭解。」

通信士急忙回到位置上，使用無線機。

「左舷九點鐘方向，有東西在海中高速接近而來。」

偵察人員叫道。小川船長凝視著前方。

劃出白色的航跡，朝著『阿鼻小丸』直衝而來。

「全速前進，二十節。」「全速前進，二十節。」

「右滿舵。」「右滿舵！」

操舵員覆誦。

畜生！難道周邊還潛藏著潛水艦嗎？小川船長不停地祈禱，看著冒著白色泡沫的海洋。十萬噸的巨大船身沒有辦法立刻轉彎。『阿鼻小丸』的巨大船身由於船首快速地回航，而掀起大波。

「船長，魚雷接近！」「無法避開。」

偵察員哀嚎似地叫著。

小川船長用手捉住艦橋的窗子，凝視魚雷的航跡筆直衝過來。撞擊在『阿鼻小丸』的左舷下方發生。接著，猛烈的爆炸襲擊油輪，黑煙及火燄一起噴出。爆風粉碎了艦橋的玻璃窗。小川船長因爲爆炸的震撼而跌倒在地。

「調查損害！」

一等航海士佐佐木抓著雷達測遠器叫著。偵察員們從艦橋跑開，通信士按下國際救難信號的發信按鈕。

小川船長終於站起來，隔著艦橋的窗子看著船身。原油著火，冒出濃濃的黑煙。

「趕緊滅火，按下滅火按鈕。」

佐佐木航海士立即發出指令。三等航海士按下緊急用的滅火按鈕。水立刻噴了出來。

突然，又一次的爆炸發生在左舷前方的船身。大爆炸使整艘船都搖晃了。小川船長這次緊抓住窗子，忍耐撞擊。甲板好像被紅色的火燄舔舐過一般。

「滅火！滅火！」

佐佐木航海士大叫著。甲板的組員拿著滅火管開始在甲板上灑水。

「向附近的船舶提出救援請求！」

小川船長大叫著。通信士趕緊跑向無線機的麥克風，叫著SOS。黑煙不斷地冒起，連船頭甲板都看不到了。

雖然中了兩枚魚雷，但是十萬噸的船身並沒有傾斜。

「全力滅火！船沒有那麼容易沉的。」

佐佐木航海士大叫著，鼓勵組員們。又發生了幾次小爆炸，火勢越來越强了。只聽到佐佐木在那兒大叫。

甲板的滅火活動因爲火勢不斷地增大，而使得船員們拼命地後退，而且水的排出不良。酒井二等航海士以及艦橋的要員們也加入滅火行動中。

「船長，我也下去吧！」

佐佐木自己也想要參加甲板上的滅火行動。

「佐佐木航海士，光是你一個人下去，事態也不會改變的。你待在這兒吧！」

小川船長命令佐佐木。通信士叫道：

「來自後面的『奧莉維亞』號的聯絡。他們會來救助本艦。」

「通信士，緊急通報『奧莉維亞』號，周邊海域有潛水艦，叫他們立刻避開。感謝他們想要救助我們的好意。希望他們幸運。」

通信士趕緊和『奧莉維亞』號取得聯絡。

「船長，没有辦法滅火！」

二等航海士跑上艦橋。二等航海士的制服都已經被火燒到了。臉、手腳都被黑煙熏黑了，手腳也燒傷了。船醫手上拿著急救箱，讓二等航海士坐下來，爲他裹傷。

燒傷、受傷的組員們陸陸續續被帶到艦橋。船醫開始爲倒在地板上的受傷者包紮傷口。

「陸續出現受傷者！」

「船長，六點鐘方向。」

操舵手大叫。小川船長回頭一看。

在後方幾公里的貨船『奧莉維亞』號的左舷船腹也冒出黑煙及火燄。接著又響起一聲爆炸聲，『奧莉維亞』號的船腹被炸開一個大洞。第二發魚雷命中船身。『奧莉維亞』號響起緊急遇難信號的汽笛，而船身開始傾斜了。

「怎麼回事！」

小川船長緊張地喘不過氣來。『奧莉維亞』號不願意捨棄先前遇難的『下見丸』與『阿鼻小丸』，並前來救助，没想到遭受魚雷攻擊。

「船長，收到來自菲律賓海軍驅逐艦的聯絡。他們正趕往此處。」

通信士叫道。佐佐木航海士指著右舷前方。

「『下見丸』沉沒了。」

『下見丸』的船身裂成兩半，船尾高高翹起，開始沉沒。周圍的海上遍布救生艇，還有一些跳到海中的船員在那兒游泳。

「放棄本船吧！全員避難。」

小川船長咬著嘴唇，靜靜地說著。外面的海上波浪濤天，滂沱大雨持續降落在海面上。

8

東京・總理官邸辦公室　七月二十二日　上午八點

明亮的清晨陽光照入窗內，小鳥停在樹上，發出清脆悅耳的聲音。

國家安全保障局長向井原的報告結束了。

濱崎總理一直看著虛空。辦公室的氣氛非常凝重。

在西南航路巴士海峽附近的海域，今天早上天未亮時，日本船籍的巨型油輪『阿鼻小丸』（十萬三千噸）以及貨櫃貨船『下見丸』（二萬噸），沒有接到任何警告，就遭受到魚雷攻擊。『阿鼻小丸』受到嚴重的損害，『下見丸』被擊沉。

在同海域，同樣是在天未亮時航行的巴拿馬籍的美國貨船『奧莉維亞』號（一萬六千噸），也遭受魚雷攻擊而沉沒。西南航路事實上已經不能通行了。因爲這個報告，濱崎總理一大早就被叫起來，召開緊急國家安全保障會議。

這到底是怎麼一回事啊？如果南海中西南航路無法通行的狀況持續三個月的話，則日本原油用盡，日本的經濟會遭受重大打擊。國民因爲物資缺乏而陷入恐慌中，國內政局也會立刻陷入不安的狀態中。

國內的石油儲存量不到三個月份，在這段期間雖然可向美國購買原油，但是原油的價格不免會上揚。不光是日本，全世界都會陷入比第三次石油危機更可怕的石油危機中。

日本經濟的失速會使世界經濟捲入其中，而使整個世界陷入不景氣的狀況中。西南航路的問題不光是日本一國的問題，包括韓國、新加坡、泰國、印尼等ASEAN諸國，越南、印度、巴基斯坦等亞太平洋地區諸國的交易都會受到嚴重的打擊，亞洲會一舉進入不穩定的狀態中。所以，臺海兩岸的問題事實上是全亞洲的問題。

對於這種事態，日本該如何處理呢？考慮一國的安泰很容易，但是如果因爲憤怒而輕易進行軍事行動，可能會蒙受損失，必須要考慮到全亞洲今後的利害得失，要慎重考慮才行。

門打開了，手上拿著通信文的情報官慌慌張張地走進來，將情報交給國家安全保障局長向井原一進。

「接到陸續報告。油輪『阿鼻小丸』沒有沉没，但是依然在燃燒中，流出的大量原油擴散在整個海面上。貨櫃船『下見丸』完全沉没，附近散亂許多的貨櫃。根據搜索現場上空的海上自衛隊對潛巡邏機的聯絡，『阿鼻小丸』與『下見丸』的組員乘坐著救生艇漂流在現場的海上。現在菲律賓海軍艦艇和沿岸警備隊的艦艇正趕往現場海域，可能已經開始救助了吧！現場海域因爲受到五號颱風的影響，波浪濤天，很難進行救助。先前聽說巴拿馬籍的美國貨船『奧莉維亞』號被擊沉。韓國籍的油輪『漢江』號也接觸到浮游機雷而遭遇嚴重的損害。」

「韓國船事件發生在哪裡？」

「韓國船的事件發生在距離臺灣東海岸十五海里的公海上。『漢江』號躲避颱風，選擇靠近臺灣的航路，正趕往中東的途中。並沒有搭載原油，所以沒有原油流出，可說是不幸中的大幸。」

「什麼不幸中的大幸啊？」

防衛廳長官栗林生氣地説著。

「無法安全在公海上航行，真是太過份了。中國到底想怎麼樣！」

「中國怎麼可以過份到這種地步呢？」

濱崎總理好像喃喃自語似地説道。

「總理，我國的海上補給線可以説是我國的生命線。現在應該要立刻出動防衛。要將潛藏在海上補給線的潛水艦全都視爲是敵性艦船，一旦發現就應將其擊沉。」

因爲憤怒而滿臉通紅的栗林防衛長官不停地敲打著桌子。栗原長官則看著濱崎總理。

「透過北京大使，立刻對中國政府提出嚴重的抗議吧！」

青木外相平靜地説著。而葛井法務大臣則以激動的語氣説道：

「没有用，不能進行這種溫和的抗議，否則會被對方欺負。這時應該採取不惜斷絶邦交的措施。我贊成栗林長官的作法。」

川島通產相很平靜地用手制止大家。

「向井原，攻擊『下見丸』和『阿鼻小丸』或是『奧莉維亞』及『漢江』號的犯人是否真的是中國的潛水艦呢？我們應該要冷靜地處理才對啊！」

「沒有確切的證據證明是遭受中國潛水艦的攻擊。但是，中國政府曾經警告航行臺灣近海的西南航路的船舶，所以應該沒有錯。」

向井原室長說著。而防衛長官栗林看著川島通產相。

「這很明顯是違反國際法的作法。對於在公海上航行的非交戰國的第三國非武裝民間船隻，卻無差別地加以擊沉的作爲實在太過份了。如果允許他們這麼做的話，那麼任何攻擊都會被允許。我國應該發揮固有的自衛權，立刻進行海上輸送路的防衛，擊沉潛藏在海中的敵人潛水艦，或加以驅逐才行。首相，這是關係內閣進退的重大事件。」

官房長官北山誠代替濱崎總理，制止大家。

「栗林長官，你說的很對。但是，海洋線的防衛不光只是我國來進行，我們也必須要考慮美國政府的動態，而採取因應的對策才對。總理就是在考慮這件事情。」

「外相，你趕緊和美國總統商量吧！」

濱崎總理看著青木外相。青木外相點點頭說道：

「我想，不久後就會與華盛頓聯絡了。我已經申請打熱線電話。到時看辛普森總統如何處理，再決定我們的應對方式也不遲。」

栗林長官又敲著桌子。

「不可以。這就是軟弱外交，會被中國視爲是笨蛋。濱崎總理，你不是應該採取公正無私主義嗎？你不是也說過不要每一次都和美國一起行動嗎？我國有我國獨特的國益，不見得和美國的國益一致。這一次就是如此。不管美國的動態如何，我國應該要先加以處理才對，否則的話無法與美國保持對等的外交關係。」

「說的也是，我瞭解你的想法。」

「那麼，你打算怎麼做呢？總理，趕快決定吧！」

北山內閣官房長官又插嘴說道：

「長官，事情不是這麼簡單。光是我國出動防衛，將海上自衛隊派遣到菲律賓海灘，或者是派遣到遠洋遠征南海，當然在國會方面也會出現問題。而如果派遣出去的我國護衛艦遭受中國攻擊，萬一發生了戰鬥事態，又該如何處理呢？發動自衛權交戰，可能會引發中國與日本的全面戰爭。如果覺悟到這種危險而派遣軍隊到海外去，真的是爲我國的利益著想嗎？而且，我國的憲法是否允許這麼做，也是重要的問題。長官，請你冷靜思考。」

栗林長官稍微收起憤怒的情緒，勉勉強強地點頭。

桌上熱線電話的鈴聲響起。大家面面相對。秘書官拿起話筒。

「總理，是美國總統。」

濱崎總理和青木外相面面相對，靜靜地拿起話筒。

「原來是辛普森總統，感謝你特意打電話來。」

『親愛的首相，你還好吧？』

辛普森總統像平常一樣，若無其事地談話。雙方的同時通譯立刻開始翻譯。

「還不錯，不過這次巴士海峽上的暴舉問題，不知道貴國打算怎麼做？」

『我就是想要和首相你商量這件事，所以才打電話給你的。』

「西南航路是與中東之間的原油路線，也是貿易輸送路線，可以說是我國的生命線。如果不能保障西南航路的安全，則國家安全也會受到威脅。因此，這次事態非常嚴重，甚至爲了我國憲法所保障的自衛權而不得不發動軍隊前往制止。根據美日安保條約，西南航路的海上防衛應該是美日共同的問題。」

『我也深有同感。而我國對於中國無差別地攻擊我國民間貨船的事態也非常重視。西太平洋地區以及極東亞的和平與安定，也與我國的利益有關。我們絕不允許混亂安定的國家存在。我國不只派潛第七艦隊，而且決定立刻將第三艦隊也派遣西太平洋海域。希望貴國也能協助。』

「是嗎？感謝貴國的決定。在我國憲法允許的範圍內，我們也會派遣海上自衛隊以及航空自衛隊，和第七艦隊、第三艦隊一起進行航海路線的防衛。」

『聽你這麼說，我就安心了。我國按照國際法的規定，絕對不允許這一次的無差別攻擊事件再發生。會立刻向聯合國安理會提出告訴，在國際上也會對於有關各國提出這種無差別攻擊不可以再發生的提議，而且對犯行國一定要進行懲罰，要求賠償。』

「我國打算與貴國採取共同步調，宣布對於犯行國的賠償請求權。」

『首相，爲了停止這種無差別攻擊，美日兩國要採取共同步調。基於美日安保條約，對於進行攻擊的敵人加以處理才行。我國對於極東安全會造成重大影響的臺灣問題也深表關心，希望與貴國在事前能夠充分地達成協議，你覺得如何呢？』

「關於臺灣問題方面，我也贊成協議。我國也非常關心臺灣的問題。關於今後的情況變化，也必須要調整與貴國之間不同的意見。」

『很好。我國決定如果臺灣遭受中國的武力攻擊時，爲了防衛臺灣，打算參戰。希望到時候貴國也和我們一起爲了維持亞洲和平與安全，以及爲了維持貴國的獨立與安全，也要參戰。』

濱崎頓時語塞。

「關於這一點，我沒有辦法立刻回答。但是，如果臺灣面臨危機的話，我國基於美日安保條約的立場，當然對於貴國的決定也絕對不會袖手旁觀。」

的確是很微妙的說法，但是沒有辦法說出讓人覺得更可以期待的話語。濱崎說了一些禮貌的問候語之後，就掛上了電話。

閣僚們一直側耳傾聽，但是電話掛斷之後，大家就開始交頭接耳地商量。

「相信大家都聽到了，美國非常重視這次的事件，不僅派出第七艦隊，連第三艦隊都派遣出來保衛航海線。而我國基於美日安保條約，也必須出動海上自衛隊和航空自衛隊進行防衛，幫助美軍。」

濱崎看著閣僚們說著。栗林長官語帶諷刺地說道：

「總理的確發揮了公正無私的本領嘛！先前北山長官提出要請海上自衛隊進行航海線防衛時，你不是說這樣會成為與中國全面戰爭的關鍵嗎？」

「是的。我不希望只有我國與中國正面交鋒而已。如果美國先出動的話，我國也可以出動。如果不能夠在和美國共同行動的狀態下，只有我國出動當然是不好的。」

濱崎鬆了一口氣似地說著。

「諸君，今天會非常忙碌。青木外相，你必須先對中國政府提出嚴重抗議，要求他們保障今後在南海的西南航路的航海安全。同時，聯合國代表要求召集緊急安理會。還有，北山官房長官。」

濱崎看著北山。

「你要趕緊召開內閣記者會，說明爲了保障西南航路的安全，我國正式對內外宣布要派遣自衛隊。這並不只是爲了我國的安全，同時也爲了保障極東亞的和平與安全，和美軍一起負責航海線防衛的任務。」

「是的，我知道了。我會趕緊安排。」

濱崎看著栗林防衛廳長官。

「嗯。那麼栗林長官，你就和官房長官一起出席記者會，發表我國行使自衛權。將你的主張西南航路是我們的生命線擺在前面，向內外宣布我們行使的是正當防衛權利。」

「這個說來，也可以攻擊敵人囉！」

「當然。對於威脅航海線的敵艦要求其離去，如果發現有攻擊意圖的話，立刻反擊。」

「什麼是要求退去？」

「先進行退去警告，如果不遵從的話再擊沉。應該提出這種警告。」

「我知道了。」

栗林長官終於收起怒氣，並點點頭。

「還有，自治大臣。」

濱崎看著兼任國家公安委員長的鎌田自治相。

「可能有一些民族派會趁此事件而煽動國際主義，相反的，與中國掛勾的過激派可能會展現不穩的行動，一定要充分警戒，指示全國的警察本部不可以掉以輕心。」

「是的。一定要趁此機會抓出煽動民族排外主義的人。可能有人會進行示威遊行。一定會讓他們警戒的。」

「川島通產相，爲了預防不測的事態發生，你要趕緊檢查石油和米等戰略物資儲備的情況。如果有不足的物資，現在趕緊儲備。關於這一方面，最好和向井原充分檢討。在沒有美國和其他友好國的幫助之下，至少要做好半年內都能夠孤立奮戰的準備。」

「總理，要做戰爭的準備嗎？」

川島驚訝地看著濱崎。

「不是的。但是還是要假設可能會捲入戰爭中，所以要再檢討戰略準備的問題。假設最惡劣的事態發生時該怎麼做，不要怠忽準備，這是政府的責任。」

濱崎總理頹喪地坐在扶手椅上。

「希望大家全力以赴。」

聽到這句話，大家全都站了起來。

第三章　內戰爆發

1

琉球南方海域　七月二十二日　上午九點

空中佈滿鉛色的雲，海上怒濤洶湧，驟雨敲打著艦橋窗。

海上自衛隊第一護衛隊群的旗艦護衛艦DDG「金剛」的艦長大門博一等海佐站在艦橋上，瞪著刮著暴風雨的海洋。「金剛」的艦首濺起水花，不停地搖晃。

必須要趕緊到達現場海域才行。如果沒有五號颱風的話，也許就能夠早一點進入巴士海峽，控制敵人的潛水艦，平安無事地保護航行的船舶。大門一佐感到非常地懊惱。

已經接到油輪『阿鼻小丸』嚴重受損、『下見丸』與『奧莉維亞』被擊沉的消息。琉球第五航空群的對潛巡邏機在巴士海峽海域，從空中探測到數艘不明國籍的潛水艦。琉球南方海上第一護衛艦立刻請求出動到巴士海峽，但是自衛艦隊司令部的命令卻是要在海上待命。大約在三十分鐘前，才下達出動到巴士海域的命令。

太遲了，已經太遲了。在這個期間，敵艦一定已經逃之夭夭了。大門想，也許元村司令也和我有同樣的想法。

大門一佐看著坐在司令席上的元村海將。摻雜著白髮的元村海將具有溫和的表情，但是一旦付諸行動時，卻是具有決斷力的長官。第一護衛隊司令一直是令大門最信賴的人，而且也非常尊敬他。

「艦長，接到『野史真』的消息。現場海域一片混亂，風雨很強，海浪濤天，很難救助遇難的船員。」

通信士大聲報告。「野史真」是指海上保安廳的巡邏船PLH二二「野史真」。由於並沒有向護衛隊群下達出動命令，因此第十一管區海上保衛隊的「野史真」先行一步前往救助。「野史真」不具有對潛探知能力或對潛攻擊武器。PLH二二「野史真」的武力只有三十五釐米單裝機槍一座，二十釐米多槍身機槍一座而已。

雖然遭遇到敵人的潛水艦時可能會被擊沉，但是看到遇難船隻絕對不能有絲毫的猶豫，因此「野史真」甘冒危險，趕緊前往現場救助。

快點吧！大門情緒非常焦躁。但是，包括護衛艦「金剛」在內，第一護衛隊群全艦在惡劣的天候當中，以時速二十七節的高速全力急行。

大門一佐從艦橋上瞇著眼睛看著左右掀起巨浪的海面，以及全力急走的艦隊威容。第一護衛艦隊全由旗艦宙斯盾艦DDG「金剛」帶頭，以搭載對潛直升艦DDH「藏間」爲中心，由最新艦DD「斑鮫」、DD「夕霧」、DD「雨霧」、DD「濱霧」、DD「旗風」、DD「澤霧」前後左右包圍成圓形陣形航行。

大門一佐自負地認爲第一護衛群是本國最强的艦隊，其對潛對空戰鬥能力經由每年舉行的與第七艦隊的共同演習就可以證明了。好幾次發現了假想敵潛水艦，探測、追蹤美國核子潛艇，令美國海軍首腦都臉色蒼白。

「司令，收到來自艦隊司令部的暗號命令。」

通信士告訴元村司令。元村海將回頭取來電文。看過命令文之後，望著大門靜靜地說道：

「艦長終於發出防衛出動命令。」

「是嗎?終於來了。」

大門一佐覺得好像有一股力量從體內湧現似的。

「告知全艦。」

元村司令不失冷靜地這麼說。從通信士手中接過無線麥克風之後開始說道：

「告知全艦艦長以及全組人員，我是元村司令。仔細聽。我們現在航向巴士海峽，巴士海峽海域有國籍不明的潛水艦出沒，威脅我們的航海線，相信各位也都已經聽說了。我國的兩艘民間船隻、美國的一艘船舶都遭遇其潛水艦的無差別攻擊，被擊沉或嚴重受損。我國艦隊絕不允許敵人潛水艦的所做所爲。爲了防衛航海線，在必要的時候要使用實彈擊滅敵人潛水艦。這不是演習，是實戰，希望各位能夠發揮平常切磋琢磨的成果。完畢。」

艦橋組員一起拍手，大門一佐也看著元村司令點點頭。

「好，大家聽著。進入全員戰鬥準備。」

大門一佐大聲命令。

DDG「金剛」濺起更大的水花，全速衝向灰色的海洋。

2

深圳經濟特區　七月二十二日　上午十點

一大早開始天空就一片晴朗，華南特有的灼熱太陽不斷地照在頭上。路上隨處可以看到耀眼的陽光，映照在深圳工業區的建築物上。

太熱了。空氣在上午就已經進入持續的高溫狀態。

夏天根本就不應該到華南地方來，就好像是跳入熱的煎鍋中一樣。

北鄉譽因爲暑熱而感覺到厭煩。坐在車子的後座上，凝視著林立在道路兩側的高樓大廈。這是日本及歐美、臺灣、香港等的資本進行經營管理的工廠的勞工，以及經營成員所居住的共同住宅。

有幾輛滿載建設資材和貨物的大型卡車和貨車馳騁在主要的國道上。以前是牛拉車悠閒移動的鄉下石子路，而現在則已經完全變成柏油路面，單向二線道的汽車專用道路了。

以前是只有幾戶人家的漁村海岸，現在充斥著工廠建築物，已經不再是以前的深圳了。

車子奔馳在廣大的工廠地帶。聽到上空大型軍用直升機的聲音，轟隆隆地飛馳而過。

路上可以看見穿著野戰服的軍隊。他們在道路和工廠附近堆積沙包，好像是要設立檢查站或陣地似的。

車子終於鑽進日本企業與中國鄉鎮企業合併公司之一的深圳精密機械工廠大門。種植草地的庭院，灑水器正在灑水。車子滑入管理大樓的玄關，守衛跑過來打開車門。

「歡迎。」

廠長山田等日本人笑著來迎接北鄉。

「麻煩你了。」

北鄉在日本人的帶領之下，被帶到一間開著冷氣的接待室中。冰涼的空氣使汗水立刻就消失了。

「北鄉先生，真對不起，請您先打電話給廣州的白户理事官。」

山田臉上露出柔和的笑容，遞出大哥大。

「是嗎？對不起，借用了。」

北鄉按下廣州總領事館的電話號碼，耳朵貼著話筒。發信音之後交換臺出聲詢問。北鄉告知白户理事官的名字。

『書記官，你聽說了嗎？』

聽到白户理事官慌慌張張的聲音。

「沒有。什麼事啊？」

『事實上，今天早上我曾打電話到你住的飯店裡，可是你已經離開飯店了，所以聯絡不到。』

北鄉突然想起自己一大早就離開了飯店，坐車參觀深圳經濟特區。只要看早晨勞工們出勤的狀況，就可以知道當地大致的經濟狀態。今天早上到市場去觀摩，親自體會物資流通與物價的實態。

「發生了什麼事了？」

『今天天未亮時在巴士海峽附近，日本的油輪和貨櫃貨船以及巴拿馬籍的美國貨船遭受魚雷攻擊。兩艘被擊沉，一艘嚴重受損。此外，韓國油輪也誤觸機雷而嚴重受損沉沒。』

「真的嗎？」

「第一階段。第一階段已經開始了。」

白户好像呻吟似地說道。北鄉無言以對。

莊榮宏先生在會談的最後曾經預言到美日參戰的狀態。可能是潛藏在某處的潛水艦在南海的航海線，對於美日籍的民間船進行無差別攻擊吧！如此一來，美日政府就不得不派遣海軍來防衛航海線，這是第一階段。而第二階段則是來到航海線防衛的美日海軍艦艇，如果遭遇中國軍隊或是僞裝成中國軍隊的潛水艦再度攻擊，美日兩國不置可否地都要捲入臺海戰爭中了。

莊甚至告知正在秘密地進行這類的謀略工作。

到底是誰企圖進行這些謀略工作，莊並沒有清楚地說出來。但是，希望美日介入軍事的國家和勢力早就已經決定好了。

一個就是廣東軍，當然另一個就是臺灣軍。美日的軍事介入能夠促進中國分裂，這就是莊先生所說的話。

「謝謝你和我聯絡。」

北鄉切斷電話。外交官的電話絕對會被國家安全部偷聽，因此，不能夠再詳細交談了。

「怎麼回事？」

廠長山田好像很擔心似地問著。北鄉看看周圍，房間裡只有日本人。

「在這裡可以討論重要的事嗎？」

「不要緊的。我們是處理精密機械的，有很多專業的技術，徹底進行情報管理。經常會小心謹慎地定期檢查是否被竊聽，所以這個房間非常安全。」

「哦！這麼說可以了。發生了令人困擾的事態。」

「什麼事啊？」

「說不定我國會和中國展開戰爭。」

「真的嗎？」

山田面露難以置信的表情。

「日本在國會中不是已經決議不戰了嗎？不可能二度發動戰爭。」

「即使決議不戰，但是如果對方逼我們戰爭的話，戰爭是無可避免的。」

北鄉將從白户那兒聽來，關於在巴士海峽日本船被擊沉的情報告訴對方。

「真的嗎？」「是真的嗎？」

山田等人驚訝地面面相對。

「加藤，打開電視。」

一位成員跑到接待室的電視旁，按下電視的開關。加藤找尋頻道，看著衛星播放的電視畫面。

畫面中灰色的海洋上有冒著黑煙油輪的小黑影在搖晃著。看起來好像雨下得很大，影像並不清晰。這是菲律賓海軍巡邏機所拍攝到的影像。

女性播報員開始說明：

「……日本政府緊急召開記者會，雖然未指明中國，但是卻不允許違反國際法的無差別攻擊，以激烈的語氣進行責難。而美國政府對於貨船被擊沉也發表遺憾聲明，要求趕緊召開緊急安保會議。在琉球海域的第七艦隊以及日本海上自衛隊的第一護衛隊群，已經開始移動到南海巴士海峽。中國主張擁有南海的領有權，認爲第七艦隊與日本海軍以防衛航海線爲藉口進行軍事進攻，會刺激中國。但是，日本將南海的航海線視爲是本國的生命線，主張爲了加以防衛，絕對不能夠退讓一步。今後如果再進行無差別攻擊的話，則美日兩國與中國之間無可避免地就會發生軍事衝突。南海附近，中國與美國、日本的對立緊張的程度一舉增加……。」

接待室陷入一片寧靜中。

「是真的。真是太棒了！」

山田和其他成員面面相對。電視開始報導其他話題，加藤關掉電視。

「如果中日軍事對立的話，那麼我們這些進駐企業應該怎麼辦呢？」

「老實說，我們外務省恐怕無能爲力。我們不具有任何的力量，我們所能做的就是在這些事態發生之前，提出趕緊逃走的訊號或警告而已。希望你們能夠趕緊做好因應的對策以及準備，靠自己的力量逃脫，盡可能讓日本人歸國。」

「那麼，投入的資本和設備又該怎麼辦？」

山田詢問北鄉。北鄉搖搖頭。

「日本政府甚至連救援難民都辦不到了，怎麼可能還有餘力保護日本人的資產呢？最惡劣的情形就是中國使出强硬的接收手段，而我們也沒有辦法防止。」

「你是說捨棄全部而逃走嗎？」

「是的。唯一的對策就是將目前資産的一部分進行海外移轉。」

一片沉默。對於進駐深圳經濟特區的日本人而言，這的確是非常震撼的事情，但這卻是事實。事實上，以經濟進駐海外的人還是必須要承擔這一方面的風險。即使有這些風險，但是如果没有優點的話，外國資本也不會進駐當地。

山田終於開口說道：

「我瞭解了。關於這一點，本公司會趕緊進行協議。不過，今天要談的事是？」

「聽説省政府最近要求貴公司繳納新的税金。我認爲這非比尋常，因此前來調查。」

「是的，進駐此地時的條件就是八年内不需要繳納税金，因此我們感到很安心。但是，他説的不是先前的税金，而是要將營業額的百分之三拿出來當成手續費。營業額的百分之三耶！比税金更爲可怕。説到手續費，像道路、港灣設施的費用、勞工的斡旋，或是工廠設施的防衛費用等等都算是手續費。這不是胡説八道嗎？又没有訂立契約，這麼做就好像黑社會要收保護費一樣嘛！我們認爲他們以這樣的名義收取手續費，是違反信義的作法，因此提出抗議。結果對方突然改變態度，而質問我們到底要支持北京中央政府還是廣東省政府，我們無言以對。我們不知道他們提出這樣的問題到底是什麼意思。好像是説如果廣東省獨立的話，則只會保護支持其獨立或給與援助的企業，不會保護支持北京的企業。因此，我們公司在商量到底應該怎麼做？」

「到底要支持哪一個政府的方針呢？」

「我們只不過是普通的精密機械工廠，只是因爲這裡的勞工薪資便宜才進駐此地，根本不想捲入政治紛爭當中。但是，本公司深思熟慮之後，認爲還是應該支持廣東省政府。但是另外一方面，也會支持北京政府，採取兩面政策。這樣不管哪一邊倒下，我們都没問題。」

「結果如何呢？」

「結果啊！要的不是手續費，而是要將錢捐給省政府。而他們的回報則是今後我們公司成爲友好企業，得到最優惠的待遇。但是捐款並不像手續費一樣決定既定的金額，所以到底會膨脹到何種程度，我們也不得而知，本公司也感覺很頭痛。」

「到目前爲止，已經捐款多少呢？」

「五千萬日幣。」

「哦！遭遇這樣要求的不只你們公司吧！」

「這個經濟特區的日本合併企業多多少少都捐了一些錢。當然，有一個企業不願意捐錢，因此明裡暗裡都受到市政府和省政府的嫌棄，甚至連勞工都開始罷工。結果還是捐錢，之後就不再被對方嫌棄了。看到這種情形，周圍的企業不願意被政府刁難，因此也只好開始捐錢了。」

「省方面爲什麼突然要求捐獻呢？」

「我秘密調查，發現廣東軍好像在籌措軍資金。也許廣東真的希望從北京政府那兒獨立出來吧！傳說光是從深圳經濟特區的外國企業那兒，就已經籌措到十億美元的資金了。」

「這麼說廣東軍真的準備戰爭囉！」

山田嘆了一口氣說道：

「如此一來，對我們公司而言會造成很大的問題。如果廣東軍和北京軍真的發生衝突的話，會造成很大的困擾。可是，在這個時候，日本大使館除了提出警告之外，没有辦法給與我們其他的援助嗎？」

北鄉點點頭。山田很不滿地說道：

「到底日本政府對我們有什麼樣的想法？在進駐時拼命地煽動我們前來，在遇到萬一的時候卻没有任何的幫助，這是怎麼一回事呢？我們也納稅給日本政府啊！」

「我們也有考慮到這一點。」

「是嗎？我怎麼看不出來呢？」

山田諷刺似地說著，並搖搖頭。北鄉回答：

「這是我個人意見，關於這次與臺灣的戰爭，如果放任中國的大國主義、霸權主義不管的話，非常危險。一旦中國強大之後，對於亞洲的和平和安定將會是很大的威脅。我們對於中國這種危險狀態，難道可以視爲是他國的問題而袖手旁觀嗎？」

「那麼，該怎麼做才好呢？」

「難道不能夠誘導中國朝向不會大國化的方向發展嗎？因此，如果支援像廣東省這種想要獨立的地方政府，對日本而言也許是上策。」

「的確是很大膽的想法。但是我們卻反對。因爲企業人不喜歡多事。如果是軍需產業的話，當然希望他們開戰，才能擁有商機。但是，對於只注重民生需要的產業而言，如果不是和平的時期，根本無法做生意。」

山田廠長搖搖頭。突然，門打開了，年輕的中國成員快步走進。

「廠長，遭糕了。上班的員工們引起騷動，他們不工作了。」

「怎麼回事？」

「外面遍撒這些傳單。好像是戰爭的騷動。」

中國幹部遞出手上的紙。北鄉看了一眼。

只知道文宣上寫著：『熱烈支持華南共和國獨立！』『廣東軍向北京中央宣戰！』

3

廣東省汕頭・第二機場・第十五空挺軍第四五師團野營地　七月二十二日 上午十點三十分

暑熱的太陽一直持續照著。華北內陸部雖然熱，但是不會悶熱，濕度較高。

負責基地警備站崗任務的熊少尉所率領的第三中隊第一小隊第一班的士兵們在警備所中，因爲太熱而面露厭煩的表情坐著。即使一直坐著不動，但是野戰服還是被汗水打濕了。

周圍堆滿沙包所搭建的警備所中，一絲風都沒有。隊員們拼命搧著扇子，臉和身體吹著風，藉此冷卻發汗的身體。

正門前的道路有大型卡車通過，每一次都會灰塵滿天地衝進警備所中。

但是，比起在豔陽天下於警備所前站崗的士兵而言，待在警備所的士兵不會受到炙熱的陽光直射，以及道路的陽光反射，實在是輕鬆多了。爲了站崗的士兵而用板子臨時搭建的屋簷遮擋不住太陽，士兵們無法躲在陰涼處，因此有很多站崗士兵因爲中暑而倒下。

熊少尉想，一定要縮短交班時間才對。

「冰水，冰水來了！」

在警備所的後面，拿著塞滿小水球的壺的張中士走進來。

「辛苦了！」

熊少尉說道。部下們聚集在張中士旁邊，各自遞出鋼杯，得到用冰冷卻的水滋潤喉嚨，或者是將水從頭上淋下，感到非常高興。幾位心細的部下將杯中的水拿去給在外面站崗的士兵。

熊少尉看大家都有水之後，才將壺中的水倒在自己的鋼杯中。一口氣喝光了冰水，覺得真是太棒了。

「隊長，爲什麼一定要如此警戒呢？」

張中士用毛巾擦著汗問道。

「不知道敵人什麼時候會發動攻擊啊！」

「但是，我們的敵人不是臺灣軍嗎？我們才會出動啊！可是沒想到竟然對於友軍的廣東軍都要抱持警戒，這是怎麼回事呢？」

「這是司令部的命令。不用多想了，我們只能奉命行事。這是空挺隊員的使命。」

「是。知道了。」

張中士立正說道。

熊少尉所看守的警備所在基地正門前，注意出入基地的可疑者以及可疑車輛。熊少尉等人所接受的命令就是即使是友軍，如果沒有得到第十五空挺軍第四五師團司令部的許可，絕對不能進入野營地。

第四五師團是具有機動力的輕步兵師團。可以從空中下降敵地，在同志來到之前確保橋頭堡。因此，並沒有重武裝的戰車連隊和砲兵連隊，只有迫擊砲大隊和對空飛彈中隊、對戰車中隊等而已。而伴隨著裝甲車輛，則配備輕量WZ—五二三裝輪式裝甲兵員運輸車三十輛，軍用四輪驅動車十二輛。

汕頭是進行臺灣本島攻略作戰的重要前進基地，因此第十五空挺軍司令部派四五師團爲先鋒到達汕頭，希望進行臺灣本島攻略作戰的同時，能夠派遣精銳部隊深入廣州軍管區，伺機而動。

因此，第四五師團並沒有進入友軍廣東軍的設施中，而將野營地設在通常只放置練習機的第二機場。

野營地上卡其色的大型帳篷做成的士兵宿舍井然有序地排列著，有管制塔和兩層樓的建築物。前方的停機坪停著中型運輸機「運輸」七型改良型八架。在作戰開始時，其他航空基地的大型運輸機「運輸」一八型也會來到此地。

在軍營旁邊有二十幾輛的裝甲兵員運輸車，井然有序地排列著，隨時都可以出擊。在機場的四角，各配置了幾輛裝甲兵員運輸車，以防外部的攻擊。

熊少尉的臉稍微抬起，好像聽到轟隆聲。是飛機。接著又聽到了同樣的聲音。有一種不好的預感。

是不是哪一個部隊在演習呢？

熊少尉感到有一點擔心地站了起來，走到警備所外。站崗的士兵抬頭看著天空。汕頭港方向的上空銀翼閃耀生輝，十幾架飛機的機影盤旋。

突然，在低矮的丘陵地帶山的對面，有幾架噴射戰鬥機衝入。熊少尉反射性地叫道：

「敵襲！敵襲！」

瞬間，頭上出現迷彩色的機身。衝擊波敲打地面，爆炸聲使整個地面搖晃。熊少尉被風壓吹倒，在地面上滾動。樹木不斷地搖晃，枝葉紛飛。

警備所的屋頂被吹走了，士兵們陸續從沙包內跳出。士兵們朝著上空發射ＡＫ—

四七。

發現在大樓屋頂上的對空陣地，也開始用機關槍應戰。空襲警報高聲響起。

在這個期間，持續有幾架噴射戰鬥轟炸機掠過頭上，機翼上鮮明地印著臺灣空軍的標幟。

陸續發生了爆炸。停在停機坪的運輸機被擊中，冒出火燄來。熊少尉的腰部可能受了傷，但仍然忍受疼痛站了起來。

士兵們從帳篷裡四散地逃出，沒有被擊中的裝甲兵員運輸車朝各方向移動，車上的機槍開始應戰。敵機毫不容情地對於想要逃走的裝甲兵員運輸車發射砲彈，然後飛到上空。

我方的空軍到底怎麼回事?雷達受損了嗎?熊少尉咬牙切齒地看著頭上的敵機。

在這個時間內，帳篷和裝甲兵員運輸車陸續被砲彈和火箭彈擊中。敵機丟下炸彈上升後，機體後方吐出欺瞞彈，形成紅色火燄雲。旋轉的敵機又開始攻擊而來。

噴射戰鬥機在低空掠過。熊少尉朝側面滾動逃避。機關砲彈炸開周圍的地面。部下們在機關砲彈所揚起的土煙中翻滾，陸續倒下。

「畜生！」

熊少尉躲在崩塌的沙包背後，拔出自動手槍，朝著敵機自動發射。

「隊長！同志來了。」「是廣東軍。」

張中士大叫著。

「很好，在哪裡？」

熊少尉看著張中士手指的方向。從北側的方向看到道路上有T—六二戰車列隊前進。轟隆隆的引擎聲響徹大地。帶頭的戰車上插著藍色小旗。砲塔上對空飛彈的發射臺對著天空。

「趕緊發射對空飛彈幹掉敵人！」

包括張中士在內的部下們揮舞著手，好像迎接戰車隊似地跑到道路上。突然，帶頭的戰車砲塔發射機關槍。掃射的機關槍砲彈使得部下陸續倒下。

「這些傢伙怎麼回事？」「混蛋！怎麼射同志呢？」

帶頭戰車的機關槍又開始發出聲響。又有幾名部下倒下。

「後退，後退！」

張中士叫著，一邊退回沙包的警備所，一邊將AK—四七自動手槍朝著戰車發射。

「開槍，開槍！他們也是敵人！」

「畜生！廣東軍背叛了。」

熊少尉對剩下的部下們大叫著。跳入沙包後，趕緊撿起電話機，握著聽筒呼叫大隊本部。

「廣東軍的戰車攻來了。這裡是正門警備所，請求支援。」

『在這個時候廣東軍攻來？！一定要制止他們。』

大隊本部的汪隊長叫著。

「對戰車中隊朝向這兒來了。我們沒有對戰車火箭砲。」

『知道了。立刻派遣對戰車中隊前去。在此之前你要撐著。』

又有幾架敵機從頭上掠過。同志的裝甲兵員運輸車被火箭彈擊中，陸續爆炸，裝甲兵員運輸車粉碎。而廣東軍的戰車隊並沒有對敵機作戰。

畜生！他們和臺灣軍同流合污了。

帶頭的戰車在接近野營地時停止了。後面的戰車則離開道路，陸陸續續朝左右的原野散開呈橫隊。在戰車的後面看到一些步兵的人影。

上空的敵機停止了攻擊，組成編隊朝南方的空中退去。轟隆的引擎聲漸去漸遠。熊少尉望著小小的機影。

道路上部下許多的屍體，小隊大半都戰死了。熊少尉非常地感傷，但現在不是哭泣的時候。

「讓開！讓他們見識見識空挺軍的厲害！」

張中士對殘存的部下怒吼著。從帳篷跑過來的士兵們朝周圍的大樹和窪地散開。聽到背後傳來同志裝甲兵員運輸車的引擎。大隊長汪少校在車上叫道：

「準備對戰車戰鬥！」

「準備對戰車戰鬥！」

熊少尉也對跑過來的隊員們叫道。裝甲兵員運輸車的士兵將AT四對戰車飛彈發射臺朝向戰車隊。而抱著對戰車火箭彈RPG—七的對戰車兵也跑過來。

現在，廣東軍的T—六二戰車軍團數十輛車呈橫隊，採取突擊的態勢。最前列的戰車後面，戰車及裝甲步兵戰鬥車、裝甲兵員運輸車陸續散開，數目不下三百輛。而在其背後的步兵部隊也做好了突擊的準備。

我方裝甲兵員運輸車只有七、八輛，而且只有隊戰車武器數十挺及自動小槍，以及數百名步兵而已，根本無法獲勝。熊少尉早以抱持覺悟之心了。

聽到擴音器中傳來的聲響。

『第四五師團的兄弟們。停止無謂的抵抗，投降吧！』

『告訴指揮官，舉白旗投降吧！不要讓部下白白犧牲，你們已經被包圍了。你們的援軍不會到來。避免無謂的戰鬥，投降吧！投降後，你們將會得到名譽軍人的待遇。我是獨立軍廣東軍第一七九師團師團長孟勳少將。』

『給你們三分鐘回答。指揮官和部下們協議後再回答。』

熊少尉看著周圍。似乎沒有人因爲敵人的言辭所惑，在裝甲兵員運輸車上的汪少校大聲怒吼道：

「你們這些膽小的廣東軍！來吧！空挺隊員會戰到最後一兵一卒，才不會向你們這些沒膽的廣東軍投降！」

廣東軍的戰車發出高亢的引擎聲。橫隊突擊不久之後就要開始了。

「對戰車兵準備攻擊！」

熊少尉對對戰車兵叫著。

三分鐘瞬間就過去了。廣東軍的戰車開始突進。

4

蒼穹變成一片藏青色。

高度三萬五千呎。

臺灣空軍第五戰鬥航空團第一大隊的F一〇四D/J戰鬥機隊，一路退回到臺灣澎湖島的馬公空軍基地。汕頭到澎湖島距離約三百公里。

檢查燃料計。只剩下回航的燃料了。

馬赫一．八。

對地攻擊用的火箭彈全都發射完了。機關砲彈的殘彈只有三十發。爲了以防萬一，準備迎擊用的空對空飛彈「天劍」還有二枚未使用。

作戰可以說是獲得完全的勝利。光是自己的飛機就破壞了敵人裝甲兵員運輸車三輛，管制塔也被轟掉，臨時搭建的軍營也遭到破壞。擊毀了對方的迫擊砲，同時讓敵兵中彈。

周圍有十幾架如短劍般細長的F一〇四D/J戰鬥機並排在一起飛行。

實在令人難以置信，這是頭一次的渡洋攻擊，卻沒有遇到任何一架敵機。剛開始時還懷疑是圈套，但是正如先前所約定的，廣州空軍並沒有派出迎敵機來。

對於汕頭海軍基地的艦船及敵人空挺團的野戰基地進行了攻擊，因爲是出其不意採取的行動，因此幾乎沒有遭受到任何的抵抗，只受到對空砲火的攻擊而已。廣東軍的對空陣地按照約定保持沉默，允許我國航空隊通過。廣東軍如果利用對空砲火或對空飛彈攻擊的話，我方絶對不可能毫髮無傷地歸來。

「隊長機告知各中隊，檢查損害。」

聽到大隊長的指示。王上尉檢查左右的編隊。

「中隊長機告知第一中隊全機。報告損傷。」

王上尉用無線電呼叫部下。

「二號機身中彈，但是不要緊，可以維持到基地爲止。」「三號ＯＫ！」「四號機翼中彈，不會妨礙操縱。」

二號機的傅飛行上士等幾架飛機因爲對空砲火而中彈，但是還是可以回航。王上尉所率領的第一中隊全機折返。

「呼叫隊長機。第一中隊損害輕微。飛行無礙。」

「第二中隊，四號機被擊落，剩下三架中彈。」

「第三中隊，二架中彈。可以保持到基地爲止。」

似乎只有一架飛機被擊落，其他全機安全。王上尉想起被擊落的第二中隊四號機的駕駛。不知道他是否平安無事地脫逃了。

「不久之後和來自八點鐘方向的我方戰鬥攻擊機的編隊會合。」

聽到第一大隊隊長機傳來的聲音。

「瞭解。」

王上尉檢查雷達。的確從八點鐘方向看到了接近的影子。這次的越洋作戰不光是第五戰鬥航空團第一大隊，連第六戰鬥航空團的F—五對地戰鬥機隊，以及第四二七航空團的最新銳IDF「經國號」戰鬥機隊都加入了。主要任務是擊潰廣州軍管區汕頭周邊的敵人基地。

『不久到達澎湖島上空。』

收到來自E—二C預警機的通報。眼下還是一片雲海，颱風的影響還留在這個空域。

『我方戰鬥機隊接近。八點鐘方向。』

聽到傅飛行上士的聲音。王上尉越過頂蓋，看著八點鐘方向。

銀翼閃動的「經國號」戰鬥機隊慢慢接近。

從雲縫間看到澎湖島的島影。第五戰鬥航空團第一大隊的F—一〇四D/J編隊翻轉機翼，開始下降。

5

上海近郊　七月二十二日　上午十一點

從小山丘的斜面一直線沿著廣大的田園地帶通過的鐵路，是連接上海、南京以及遙遠華南地方的幹線鐵路。鐵路到了山丘前出現大轉彎，渡過跨越長江支流的鐵橋，進入與對面山丘之間的山谷間。

上海游擊隊成員隱藏在山谷的斜面。

長長的貨物列車，從上海的方向慢慢地沿著鐵路駛來。

北鄉弓覺得呼吸困難，她想戰爭就要開始了。上海游擊隊現在在上海街上的炸彈恐怖行動已經開始了，同時破壞軍隊或公安部的設施。

趙忠誠所率領的本隊和少數人的行動不同，是採取陽動作戰，是在郊外破壞軍用火車的作戰。

身旁包括趙忠誠隊長在內，還有一些身材壯碩的隊員們利用AK—四七自動小槍，和對戰車火箭彈RPG—七進行武裝，安置在各重要的位置。

可以看到用大絲巾包著頭的小蘭。劉進拿著自動小槍待在她的身邊。弓非常羨慕小蘭。劉進一直在她的身邊。弓就算想和進說話，但就因爲有她在旁，所以無法輕鬆地交談。

大哥大的鈴聲響起，弓趕緊按下開關，將聽筒貼在耳朵上。

『没錯。是駛向南昌的軍用列車四一八。載了大量的彈藥和軍事物資。』

聽到偵察同志的聲音。

「是四一八！」

弓對趙隊長耳語。弓不會使用手槍，因此自願擔任通信工作。

「很好。大家所等待的運輸火車來了。」

根據軍內部協助者所提供的資料，軍用火車四一八預定在早晨通過。但是由於在上海港的載貨太慢，因此延到現在。

「火車的護衛呢？」

弓詢問。

『在火車的正後方有一輛護衛隊的車，最尾端也有一輛。護衛隊的人數不明，但是從這兒看到的是小隊規模。』

弓告訴趙隊長。

「帶頭車通過鐵橋時進行爆破。要他們到時候送出信號。」

弓告訴偵察員趙隊長的指示。火車駕駛是與軍隊無關的勞工，不希望傷害到無辜的人。

軍用火車載滿大量的彈藥和糧食等補給物資，準備到南昌去。破壞鐵橋，一併葬軍用火車是上海游擊隊指導部的作戰方法。

接下來到底會用何種方法呢？弓感到非常地不安。但是，現在骰子已經扔出去了。根據于正剛說不只是上海，從今天開始，廣東軍也反叛北京，連東北軍也決起了。除了北京和上海、南京、香港、成都等地的游擊隊之外，還有民主派的民衆進行反政府示威遊行與集會。新疆維吾爾自治區和西藏自治區等中國各地少數民族的民衆，也發起武裝暴動。

自己也希望能夠參加這種要求中國民主化的運動，以及民族自覺的運動。自己的願望終於實現了，但是另外一方面卻產生恐懼的想法。難道沒有辦法在不犧牲任何人的情況下進行革命或民主化嗎？

「怎麼啦？妳不要緊吧！」

劉進不知道什麼時候來到她的身邊。弓突然回過神來拿起電話機。

「不要緊。」

「臉色很不好耶！也許你應該和你哥哥一起待在上海。」

「他是他，我是我。我已經決定要參加了，誰都無法阻止我。」

弓倔强地説道。哥哥北鄉勝在這個時候仍然懷疑民主化運動，而且批評示威遊行。哥哥的主張認爲現在的時代應該是傾向於高科技戰爭的時代。上海自從導入改革開放經濟政策以來，形成電腦社會，而如果將電腦系統及網路全都擾亂的話，就可以藉此打擊敵人，應該是更有效的作法。

于正剛贊成哥哥勝的主張，請勝研究到底應該在何處、如何進行攻擊。因此，勝並沒有參加作戰的行列。勝也希望弓能夠加入他的計劃，但是弓卻拒絕，寧願跟隨劉進等人的隊伍行動。

「不要太勉强哦！」

小蘭很擔心地看著弓。弓的臉上勉强露出微笑，豎起拇指。

「不要擔心。我的精神比外表上看起來好多了！」

「是嗎？不管發生什麼事情，都不可以離開我們的身邊哦！」

劉進耳語著。小蘭看了劉進一眼。從眼神中可以看出有一絲嫉妒的神色。

糟糕！小蘭，我不是故意要這麼做的。我並不是要僞裝懦弱而搏取男人的同情，或是喚起他們的保護者意識。

弓在心中對小蘭訴說著。

「弓，快開始了！」

小蘭用下巴指指軍用火車的方向。軍用火車緩緩地駛進綠色的田園中，方向終於轉往鐵橋行駛。

趙隊長用望遠鏡看著火車的動向，弓也用望遠鏡看著火車。先看到的是帶頭的三輛柴油車，三節車廂連在一起，而後面的無蓋車則是幾十輛相連。無蓋車搭載著用布包住砲塔砲的戰車。弓數了數，大約是三百輛戰車。戰車後面則是滿載彈藥及糧食的有蓋車相連前行。

好長的火車啊！速度非常地慢，用跑的也追得上。

『帶頭的車不久之後就要進入鐵橋了。』

聽到電話聲告知。

「不久後進入。」

弓對趙隊長說。

「很好，切入電源。」

一位隊員切入四個並排爆破裝置的電源。只要扭轉操縱桿，利用搖控發揮作用，安置在鐵橋上的塑膠炸彈就會爆炸。

『第一輛進入。』「第一輛進入。」

弓複誦。

「還沒有！還沒有！」

『第二輛也進入！』「第二輛也進入。」

弓覺得口乾舌燥。

『第三輛通過！』「第三輛通過。」

趙隊長再度命令。

「火車通過時趕緊通知。」

弓將指示告知偵察員。趙隊長將手擺在其中的一個爆破裝置上。

三節車廂連結的火車慢慢地渡過長鐵橋。鐵橋長度一百五十公尺以上。而在火車後的後續車輛也陸續通過鐵橋中。

時間慢慢地過去。快點過去吧！弓在心中叫著。沒有辦法忍受這種緊張的煎熬了。

『帶頭的車要離開鐵橋了。』「帶頭車離開鐵橋。」

「準備爆破！」

趙隊長下達命令。趙隊長等四位隊員握著爆破裝置的操縱桿。

滿載戰車的車輛開始渡過鐵橋。

「不久後火車通過。」「不久後通過。」

『四、三、二、一，開始！』

弓出聲數數。叫道：「就是現在！」

「爆破！」

趙隊長大叫。全員一齊扭轉操縱桿。只是一瞬間的事。

鐵橋的前後左右四處冒出黑煙，發出震撼的爆炸聲。

橋柱被彈開，土石崩塌。就好像看著慢動作的電影畫面一樣，鐵橋從中間折斷，載著戰車的火車節慢慢掉入河床。後面的車輛陸續進入鐵橋，一一掉落到充滿岩石的河灘上。

「不要再待在這兒了，趕緊撤退！」

趙隊長叫道。大家一起開始後退。這時火車還不斷地從鐵橋上掉落下去。突然，後面的車輛引爆了彈藥而爆炸，連地表都動搖了。霎時好像蕈狀雲似的黑煙不斷地冒出，後續車輛並沒有停止，而是直接地墜入河谷中。

「快點，軍隊要來了！」

聽到趙隊長的聲音。弓回過神來。

「作戰成功！如此一來，北京軍就會失去許多的戰車和彈藥了。」

小蘭笑著看弓。劉進瞇著眼睛看著不斷發出爆炸聲的火車。弓看著可怕的爆炸場面，說不出話來。

隊員們趕緊退回隱藏在山丘暗處的軍用卡車，弓趕緊跳上卡車，放下布簾。大家笑著拍手。卡車在山道上馳騁而去。

6

廣東省・湛江海軍基地　七月二十二日　上午十一點

南海艦隊第七護衛艦戰隊旗艦旅護級驅逐艦「重慶」，全速駛向湛江海軍基地。而在左右隨行的是速度較慢的僚艦旅大改良級驅逐艦「武漢」，以及江威級飛彈護衛艦「南昌」。

艦首濺起巨大的浪花，而前甲板不時浸入冒著白色泡沫的海水。船艦朝左右晃動。

站在艦橋上的第七護衛艦戰隊司令袁耀文上校，苦著臉看著灰色的海洋。湛江軍港就在前方了。

到底發生了什麼事？

南海艦隊司令部與上海的海軍司令部傳來互相矛盾的極密暗號命令。

南海艦隊司令部是以艦隊司令官梁家正少將之名，命令解除臺灣南海域的海上封鎖，立刻回航湛江軍港。但是，艦隊司令官原本應該是游達人少將才對，什麼時候被卸任的呢？

而海軍司令部劉大江參謀長的命令則是强化海上封鎖，對於所有進入臺灣南海域的船隻都要進行臨檢，驅逐中立國的船舶，緝捕敵性船舶。如果對方不遵照辦理的話，則可以擊沉。

遵從這個命令，我方的潛水艦隊已經在巴士海峽擊沉三艘民間船，或者是使其嚴重受損。

袁耀文上校反對海軍司令部命令的通商破壞作戰。認爲無差別攻擊一定會招致國際社會的反感。對於不具有足夠海軍力的中國海軍而言，現在的無差別攻擊可能會引出美日海軍，非常危險。如果是海軍之間的作戰，力量不夠的中國海軍可能會被兩國海軍擊潰。

海軍司令部太過於相信北海艦隊的力量。北海艦隊根本無法抵擋擁有航空母艦戰鬥群，以及現代化護衛艦、飛彈護衛艦的世界第一級海軍第七艦隊。再加上日本護衛艦隊，根本就是陷入苦戰之中。

海軍司令部還不瞭解實際的狀況，自己還是應該待在總參謀部才對。但是，總參謀部已經被一群民族統一救國將校團等年輕的將校團所佔據。不知道劉華清將軍的想法如何？

袁司令認爲在兩道極密命令當中，應該要遵從直屬的南海艦隊司令部的命令。南海艦隊司令部接受海軍司令部的命令，但是爲了要求作戰再檢討，因此，可能會召喚艦隊，或者是發生了更嚴重的問題。同屬於劉華清將軍直系的游少將，可能已經被卸除艦隊司令官的職務了。

「袁司令，我有話跟你說。」

驅逐艦「重慶」的艦長彭炳上校站在旁邊。

「哦！艦長，有什麼事？」

彭艦長欲言又止的樣子。

「不用擔心，你說吧！對我的選擇有異議嗎？」

「不，不是的。我反而認爲司令選擇南海艦隊司令部的命令是正確的。」

「你也這麼想嗎?但是，我卻懷疑自己做錯了。」

袁司令凝視著海洋說道。

「爲什麼呢?我到目前還相信通商破壞作戰不是上策。」

「我不是說這件事情。我違背了海軍司令部上級司令部所發佈的命令，而遵從下級艦隊司令部的命令，的確是很奇怪的事情。即使上級司令部的命令不合理，也必須絕對服從才是。」

「但是，爲什麼你不遵從海軍司令部的命令呢?」

「事實上，我這兒接到令人不愉快的情報。」

袁司令看著彭艦長的臉。

「……。」

彭艦長沉默不語。

「接到極密電文，顯示南海艦隊司令部有謀反的跡象。」

「從哪兒接到的?」

「國家安全部。南海艦隊司令部急迫地召喚我回去，可能是與這次的謀反有關。司令官可能要命令我防範對方的謀反於未然吧……」

「……。」

彭艦長一直凝視袁耀文。

「你對於謀反行動有什麼想法呢？」

突然雷達員叫道：

「艦長，不久之後通過甲點浮標。」

「好。減速前進，十五節。」「減速前進，十五節。」

「航路變更二八〇。」「航路變更二八〇。」

操舵員複誦。甲點浮標是入港時通過的目標點。

通過甲點浮標之後，注意乙點浮標，然後再改變航路朝向丙點浮標入港。如果超出這個航路以外通行的話，可能會誤觸防潛網或機雷。

一連串的指示完畢之後，袁艦長回頭看著彭司令。

「司令，你說的謀反徵兆是指什麼？」

「聽說廣東軍要實施地方主義。」

「司令，你對於廣東省的地方主義有什麼想法？」

「廣東怎麼可以只堅持廣東的主張呢？中華人民共和國不管在哪裡都是平等的。」

「是嗎？以歷史的觀點來看，華南一直受到北京的統治。華北的北京與華南的廣東語言不同、生活方式不同，我認爲不能光靠一個中央政府勉强將中國集中起來。鄧小平同志曾經也說過『能夠先豐富生活的地方就讓它先豐富，能先進步的地方就讓它先進步』。推測這番話的意思，可能是能擁有豐富的文化及生活的地方，可以先享受這種豐富與進步，而不需要被經濟貧困、文化落後的地方牽絆。所以，我認爲可以先讓廣東省和廣西省、香港等豐饒地方獨立。華北是華北、華中是華中、東北就在東北部成立經濟圈，在這些地方建立小的國家。而落後地區較多的少數民族區域，則由當地的居民，也就是少數民族自立、獨立，把政治及經濟交由他們自己去負責，這樣不是很好嗎？中國想要照顧所有的人，這是錯誤的想法。」

彭艦長一氣呵成地說完。袁司令一直默不作聲地聽他說話，最後終於開口說道：

「你認爲中國應該分裂爲幾個小國嗎？」

「我說的只有華南地方，可以成爲人口將近兩億的國家。華北和華中也是同樣的，讓它們各自獨立，與日本及歐洲等任何一個國家相比都是大國，不是小國。」

「昔日中山先生曾經說過『中國像一盤散沙』，因此才會受到西歐或日本等帝國主義國家的殖民地統治。而統一中國的是共產黨，將中華民族集合起來才能成爲現在的大國。如果中國再像昔日一樣成爲一盤散沙的話，會立刻受到先進國家的侵略，可能還會受到殖民地統治。」

「司令，你的想法已經落伍了。現在與半世紀之前的世界不同了，現在已經不是帝國主義的時代了，也不再是社會主義與資本主義對立的冷戰時代了。以新的意義來說，可以說是民族自覺與人民主權的民主國家時代了。所以，中國不必一直無視於民族和人民的主權而維持統一，建立一個中央集權的封建國家。我認爲地方分權的民主國家比較好。」

操舵員叫道：

「艦長，通過乙點。」

「很好，航路朝向丙點。」「航路朝向丙點。」

「減速，十節。」「減速，十節。」

響起複誦聲。彭艦長用望遠鏡看著湛江軍港。第六護衛艦戰隊的驅逐艦和護衛艦已經入港，並排停泊在碼頭。

「司令，我也不希望中國分裂。但是，想建立一個地方分權國家聯合體的中國。」

「聯合體？」

「請看EC歐洲共同體。法國、德國、英國等獨立國都參加，而創立歐洲共同體。在EC傘下的各國維持自由獨立的經濟發展和保障政治制度，各國的政治、經濟和生活水準提升到同樣的程度，達到歐洲的統一。我想，我們也應該遵循這樣的道路前進，這樣對大家不都好嗎？在自由競爭的狀態下才能產生豐富的社會及生活。中國應該給與人民更多的自由。」

袁耀文仍然是無法釋然的表情。

「我還是不贊成地方分權主義。要結合十二億人民，還是需要基於馬列主義的共產黨的强大指導力，需要統一國家的强大權力。」

「是嗎？我們和你的主張有很大的差距。」

彭艦長以失望的表情看著袁耀文。

「我們？」

「是的。我們這樣的人在華南不算少數。很遺憾的是我們很早就已經不遵從黨中央的決定了。我們不想爲了黨中央或北京政府而作戰。我們華南人希望從黨中央獨立出來，建立華南共和國。」

袁耀文壓抑住自己的怒氣說道：

「是嗎？相信彭同志真的是非常遺憾的事情。我是黨中央的忠實共產黨員，我絕對不可能反對北京政府或黨中央，我也絕對不會承認你們這些反動份子。既然你是基於地方分權主義想要反叛北京政府的分裂主義者的一員，我也不能坐視不顧。真是很遺憾，我必須以叛國罪當場逮捕拘留你。」

袁司令瞪著彭艦長，命令在旁的航海士官任上尉。

「任上尉，以叛國罪立刻逮捕彭艦長。」

「司令，我不能遵從你的命令。」

任上尉立正回答。

「什麼？不聽我的命令？你將因抗命罪交由軍法會議審判。」

「我還是不能遵從你的命令。」

任上尉保持不動的姿勢說道。袁司令回頭看著在後面的上士。

「好！水夫長，我當場任命你爲軍警，逮捕彭艦長和任上尉。在入港之前，將兩人監禁在士官室。」

「司令，對不起，我也不能遵從你的命令。」

在後方的水夫長上士低下頭。

「什麼？你也不聽從我的命令？」

袁耀文看著艦橋。不知什麼時候，兩名軍警下士官來到艦橋。

「來得正是時候。軍警中士，依抗命罪和叛國罪逮捕拘留在這裡的彭艦長、任上尉和水夫長三人。」

兩位軍警下士官躊躇地看著彭艦長。軍警們絲毫不動。

彭艦長好像很痛苦似地皺著眉說道：

「真是遺憾，袁耀文司令。我必須要解除你的司令職務，逮捕你。」

彭艦長命令軍警們：

「將袁上校帶回他自己的房間，在登陸之前監禁起來。」

「上校，失禮了！」

軍警下士官向袁司令敬禮並走過來，打算架起他的兩腋。

「怎麼回事?你們也要反叛嗎?按照軍法，反叛是死刑。」

「袁上校，這不是反叛。華南共和國今日接收本艦。本艦不是中國海軍南海艦隊旗艦『重慶』，今後將是華南共和國海軍聯合艦隊旗艦『廣州』。」

「梁司令官也知道嗎?」

「是的。因此這艘艦才會被召回。我們接到的命令是如果你不能與我們同調的話，只好將你逮捕。」

「是嗎?」

袁耀文失望地看著艦橋。知道全部的人都已經和廣東軍同步調了。

「『武漢』和『南昌』也投降你們了嗎？」

「和我們同調了。」

「游少將也被逮捕了嗎？」

「是的，真是很遺憾。游少將也支持中央。」

「會如何處置我。」

「對不起。今後上校將會成爲敵國中國海軍將校的俘虜。真抱歉，我要將你帶離艦橋。」

彭艦長命令軍警下士官。軍警下士官們架著袁耀文上校的雙臂，催促他快走。袁司令回頭看著在艦橋上的士官和下士官們。

「是嗎？原來你們都是希望華南獨立的反動份子。」

士官和下士官們全員不動。

「那也没辦法。擁有你們這些部下一直是我的驕傲，直到現在，這種想法仍然没有改變。真是很遺憾。」

袁耀文上校説著並甩開軍警下士官的手，自己先行一步。

「向袁上校敬禮！」

彭艦長説著，自己行舉手禮。士官和下士官也一起向袁司令敬禮，目送他離去。

7

遼寧省錦州郊外・陸軍基地　七月二十二日　上午十一點

天空一片晴朗。刺槐葉沐浴在夏日的陽光中，每當風吹過時都會閃耀著綠葉的光輝。

馬明上尉從將校會議室的窗子看著外面搖曳的綠葉。窗外的廣場聚集瀋陽軍管區第三九集團軍第二機甲師團第一聯隊的新型T—八〇戰車，以及T—八五ⅡM。第二機甲師團爲三百二十輛的龐大戰車軍團，其中第一聯隊配置一百零六輛。暖氣運轉的引擎聲響徹基地內。

第一聯隊第二大隊第五中隊長馬明上尉看著會議室。穿著野戰服的第一聯隊的指揮官們集合，等待著來自師團司令部的命令。將校會議室中，各中隊以下到小隊長爲止，大約有五十名指揮官。他們對於即將展開的戰鬥似乎十分興奮，大聲地交談著。

馬明上尉一個人悠閒地刁根煙在那兒抽著。在瀋陽的軍管區司令部，從北京總參謀部派來負責督促的參謀幕僚，和指揮官們正在進行激烈的辯論。

北京總參謀部對於臺灣本島攻略作戰，打算投入第二機甲師團的第一、第二聯隊，而瀋陽軍管區司令部認爲要進攻臺灣本島，應該投入戰略預備的濟南軍機甲師團和其獨立機甲旅團。繞遠路使用瀋陽軍管區的機甲師團，在部隊運用上會產生問題。很明顯的，這麼做是爲了利用瀋陽軍管區的機甲師團對於華南地方施壓，同時要消除瀋陽軍管區的最大戰力戰車師團，打算牽制正在秘密進行中的東北三省（遼寧省、吉林省、黑龍江省）的東北部獨立行動。

軍管區司令部當然拒絕這麼做。問題是後來中央軍事委員會不允許軍管區司令部拒絕接受命令，到時候爲了確立中央的威信，一定會施加軍事壓力。可能北京方面會派遣軍隊到達瀋陽軍管區，到那個時候只好作戰了。

馬明上尉在那兒思考著該如何排除北京政府的壓力，取得東北三省獨立的勝利。如果能從漢人統治的中國逃脫。

馬上尉是女真族的滿洲人，不是純粹的漢人（中國人）。昔日在中國東北部日本曾建立了滿洲國，這只是日本所採取的殖民地政策而已。滿洲只是一個名稱，並不是滿洲人的國家。馬明上尉認爲現在應該要創立真正的滿洲人的國家「滿洲」。

滿洲人的國家不光是只有滿洲人的民族國家，在東北部居住著很多的漢人。他們在政治、經濟、社會各方面都具有重要的地位。沒有這些漢人的話，就無法創立國家。即使是滿洲人的國家，但也承認居住在滿洲的人爲滿洲人。女真族和漢人、朝鮮人和蒙古人，甚至只有少數居住在這兒的猷太人或俄羅斯人都沒有任何的差別，希望能創造一個所有少數民族的人都能夠共存共榮的民族國家「滿洲」。

因此，馬明上尉加入軍隊內秘密結成的滿洲獨立同盟。事實上，滿洲獨立同盟是掌握瀋陽軍管區的最大軍閥。

滿洲獨立同盟的首領是，瀋陽軍管區最高軍事顧問長老退役上將許瑞林，以及最高軍事顧問退役上將馬榮山二人。許瑞林將軍是漢人，但是他長久以來一直擔任第三九軍司令員（司令官）的職務。馬榮山將軍歷任瀋陽軍管區第四十軍司令員及第二三軍司令員，兩人在抗日戰爭時代就是第四野戰軍將校的戰友。馬榮山將軍是相當於馬明上尉祖父級的人物，馬明因爲仰慕祖父，所以加入滿洲獨立同盟。

在瀋陽軍管區中還有除了許、馬將軍以外的舊第四野戰軍系的軍人。包括許、馬將軍在內，瀋陽軍管區的各軍幹部對於同樣還有很多第四野戰軍幹部的廣東軍，抱持著好像兄弟般一樣的親切感。以往北京中央對於第三野戰軍系統的軍幹部非常地優待，而第四野戰軍的軍人則被趕到邊境，受到冷淡的待遇。因此，第四野戰軍和廣東軍之間的連繫更爲加深了。

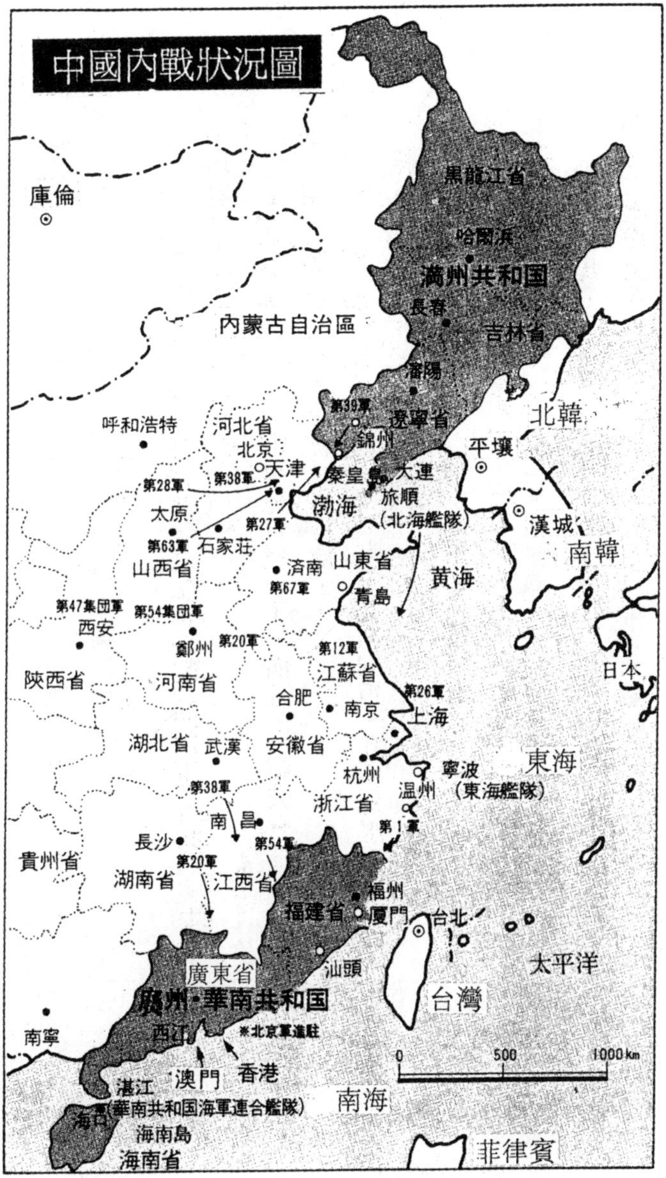
中國內戰狀況圖
庫倫
黑龍江省
哈爾濱
滿州共和国
長春
吉林省
內蒙古自治區
瀋陽
第39軍
遼寧省
北韓
呼和浩特
河北省
北京
錦州
平壤
天津
第28軍
第38軍
秦皇島
大連
渤海
旅順
(北海艦隊)
漢城
太原
第27軍
南韓
第63軍
石家莊
山東省
山西省
済南
黄海
第67軍
青島
第47集団軍
第54集団軍
西安
第20軍
鄭州
第12軍
江蘇省
日本
陝西省
河南省
第26軍
合肥
南京
上海
湖北省
武漢
安徽省
杭州
寧波
東海
第38軍
温州
(東海艦隊)
浙江省
南昌
第1軍
長沙
第54軍
貴州省
第20軍
湖南省
江西省
福州
福建省
廈門
台北
太平洋
廣東省
汕頭
廣州・華南共和国
台灣
南寧
西江
※北京軍進駐
0
500
1000 km
湛江
澳門
香港
(華南共和国海軍連合艦隊)
南海
海口
海南島
海南省
菲律賓

滿洲獨立同盟就是以舊第四野戰軍的系統為主，加上血氣方剛的年輕將校而結成的同盟。

根據情報顯示，廣東軍已經發動華南共和國獨立的反北京戰爭。而滿洲獨立同盟指導部昨天也決定發動反北京戰爭，希望能夠使東北三省獨立，建立滿洲。

「中隊長，還沒開始嗎？」

在旁談笑中的李中尉及尤少尉等人看著馬明。都是馬上尉率領的中隊將校。他們雖然不是滿洲獨立同盟的成員，但是對於東北三省獨立卻抱持著熱情。

「不要焦躁。如果戰爭開始的話，就會非常忙碌了。到時候都沒辦法休息，你就會懷念這種悠閒的時刻了。」

「可是隊長，廣東軍和北京軍已經在各地展開戰鬥狀態。福建軍也同時打起反旗，包圍攻擊廈門的北京軍。」

「等等。」

聽到頭上有噴射機特有的金屬音通過。將校們全都靠到窗邊。樹木動搖，有幾架進行低空飛行的殲擊七型和殲擊八型改良型的編隊飛過。機翼和垂直尾翼印著紅星的標幟，而新的標幟又印著藍色的圓圈。這是表示瀋陽空軍戰鬥機的標幟。

「哦！空軍先行了。」

「空軍真偉大。」

「他們是爲了支援我們這些地上部隊而先行的。看來快下達命令了。」

將校們將頭探出窗外仰望天空，在那兒交談著。

會議室響起腳步聲。

「立正！」

聽到號令。將校們慌忙地回到自己的座位上立正。

聯隊長賈上校帶頭，大隊長們隨後進入。而且，還有師團參謀在內。

「敬禮！」

將校們對賈隊長敬禮。賈隊長很滿意地面露笑容，看著全員。

「稍息！」

聽到這個聲音，全員採取休息的姿勢。賈隊長以平淡的語氣說道：

「我不多說了。接到了一直等待的出擊命令。本日正午開始，東北三省政府與瀋陽軍管區決定獨立。三省政府同意的國名是滿洲共和國，暫定國界是以往的遼寧省省界。

按照這個決定，我第二機甲師團第一聯隊必須立刻出擊，迎擊急速派遣而來阻止我們獨立的北京軍。一百三十公里南的綏中，有我機甲聯隊佈置防衛線。我軍防空大隊前往支援。第二、第三聯隊也從瀋陽趕來，在此之前，只有我們第1聯隊攻擊敵戰車隊。完畢。有什麼問題嗎？」

會議室一片寂靜。

「好，出發。」

賈聯隊長敬禮。全員一起歡聲雷動。

「解散！全員歸隊，準備出擊！」

馬明上尉率領李中尉和尤少尉等人走出房間，急忙趕往在廣場待命的第五戰車中隊。全戰車已經發動引擎，聽到轟隆的引擎聲。

馬明上尉登上隊長車最新型T—九〇Ⅱ戰車的砲塔，鑽入車中。操縱席上的嚴上士用尖銳的聲音叫道：

「完成前進準備！」

砲手湯中士大叫道：

「無異狀。隨時都可以發射！」

「好。」

馬明上尉戴著無線電耳機。

T—九〇Ⅱ戰車是俄羅斯製最新型戰車，爲T—七二的改良發展型。與西方國家同樣的使用複合裝甲，備有一千二百馬力的強力柴油引擎。砲塔備有一百二十五釐米滑腔砲，擁有自動填裝裝置、雷達測距器、彈道電腦等裝備。組員三名。是足以和西方最新式戰車M1A1戰車以及AMX戰車對抗的中國最強戰車。不過，目前進口的T—九〇Ⅱ只有兩輛，配屬於重點集團軍第三九軍的機甲師團。馬明上尉坐在其中的一輛上。

正門的方向響起信號彈的發射音。拖著白色煙尾的信號彈冉冉升空，是出發的信號。先導車的軍用吉普車已經開動了。

同時，第一聯隊第一大隊的T—八〇戰車隊開始進擊。後續的戰車陸續前進。地面響起巨大的聲響。

戰車一輛又一輛地通過正門，奔馳在沿著海岸的道路上。是一百零六輛戰車的大進擊。沿道居民愕然地看著戰車隊離去。終於輪到馬明上尉的第五中隊了。

「好，出發！」

馬明上尉對著麥克風大叫著。T—九〇Ⅱ 震動身軀，開始移動巨大的車體。馬明上尉從頂蓋探出身子，對後續的戰車揮揮手。

獨立戰爭即將開始的感覺，震動馬明上尉的身體。

8

北京・人民解放軍總參謀部作戰室　七月二十二日　下午六點

作戰指導室陷入騷動中。巨大的狀況顯示板上表示中國大陸全境的地圖，紅黃藍各色的標識閃爍電光。

陸續接到來自當地的報告。看著這些報告，賀堅上校再抬頭看看狀況表示板，想要正確地掌握目前正在進行的整體情勢。狀況表示板上表示敵性的藍點和白點陸續增加。

坐在控制臺上的操作員們陸續傳來各地的反叛、暴動、示威等的消息。

接到聯絡的作戰室長楊世明上校跑了過來。楊世明上校看著狀況表示板，發出驚愕聲。

「怎麼回事啊！」

賀上校以不悅的表情說道：

「可怕的事情開始了。」

『以亂治亂』。急著進行臺灣攻略作戰就是遵從這個戰略原則，希望能夠封住這一類的事態。但是，已經來不及了。反而造成了『以亂呼亂』的結果，真是一大諷刺。

賀上校緊抿著嘴唇。走廊上傳來許多的腳步聲。打開門，帶著參謀幕僚的秦平中將大跨步地走了進來。

「情況很差吧？」

「閣下，我正打算向你報告呢！」

楊上校慌忙地站起來敬禮。秦中將手抵住額頭，簡短答禮。

「情勢如何？」

賀堅上校向秦中將報告：

「閣下，發生了出乎意料之外的事。」

「什麼事？」

「錯誤的計算就是臺灣空軍進入汕頭，從空中攻擊空挺第四五師團。而廣州空軍完全未加以反擊，允許其攻擊。當然，雷達網應該已經偵測到敵機，但是並沒有派出迎擊機，也沒有發射對空飛彈進行攻擊。趕緊派濟南空軍及成都空軍前往迎擊，但廣州空軍的戰鬥機大舉反擊，陷入空戰中。」

賀上校說到此處暫停了一下。

「繼臺灣空軍的攻擊之後，廣東軍第一七九師團包圍攻擊在汕頭的我空挺軍第四五師團。第四五師團沒有重火器，因此雖然驍勇作戰七小時，但結果還是全滅。」

秦中將感到很難過。

「這難道是無法預料到的事情嗎？如果汕頭的空挺部隊遭到攻擊的話，則進駐廈門的濟南軍二個師團應該支援汕頭的同志。而在汕頭軍港經常配備東海艦隊的兩用戰艦艇，也可以做好準備讓空挺在最後的時期撤退。難道沒有做這樣的安排嗎？」

「廈門的濟南軍二個師團受到福建軍三個師團的包圍攻擊，目前還在激戰中，根本無法動彈。必須趕緊派濟南軍第五四軍主力到福建省。在汕頭軍港待機的東海艦隊兩用戰隊事前也被臺灣空軍擊沉。廣東軍與臺灣軍攜手合作。」

「這怎麼回事！」

「而且，東北三省與華南的廣東呼應，宣布獨立。第三九軍不聽命令。瀋陽軍管區的各軍反抗中央，爲了鎮壓，我們已經派出第二七軍的二個師團到遼寧省。但是現在在秦皇島的省界與第三九軍最新戰車隊遭遇，在當地展開攻擊。敵人卻得到航空支援的機甲師團，而且部隊陸續到達。如果不加以處理的話，我軍就要和華南及東北部的兩面敵軍作戰。這樣下去的話，我腹背受敵，沒有辦法對臺灣軍或廣東軍投入全力。」

秦中將驚訝地搖搖頭。

「是嗎？第四野戰軍系的許上將和馬上將竟然反叛，真是糟糕。擊潰廣東軍是很重要的事，但是擊潰東北三省的軍隊更重要。楊上校，趕緊派遣第二七軍全軍，以及第六三軍、第二八軍前往支援。」

「是。立刻出發。」

楊上校點頭。

北京軍管區的集團軍有六個。主要任務是防衛首都。因此，第三八軍指定爲最重點集團軍，重點配備進代化武器。繼第三八軍之後的次重點集團軍就是，第二七軍與第六三軍。尤其第二七軍是集中配備大口徑火砲的部隊。

「北海艦隊是否趕往該處？」

秦中將看著狀況表示板上的旅順。旅順機場是北海艦隊航空母艦戰鬥群的母港。旅順目前是紅點，是我方的記號。

「當然。但是，海軍司令部爲了以防萬一，命令北海艦隊離開旅順。航空母艦戰鬥群現在進入青島。」

「東海艦隊的動靜呢？」

「無異狀。但是南海艦隊已經被廣東軍奪取了。」

「什麼？」

「南海艦隊游司令官被逮捕，現在由廣東人梁家正少將擔任司令官。」

「南海艦隊應該有第七護衛艦戰隊的袁耀文司令啊！」

「被軍警逮捕拘留。」

「糟糕了。我們希望他能夠來到總參謀部呢！」

秦中將好像喃喃自語似地搖搖頭。

「潛水艦戰隊已經脫離南海艦隊，朝著東海艦隊軍港駛來。」

「是嗎？」

秦中將發出嘆息聲。南海艦隊並不是全艦隊都倒戈。

「空軍方面如何？」

「空軍方面廣州空軍依附廣東軍，瀋陽空軍依附瀋陽軍。」

「其他呢？」

「在上海郊外的軍用貨物列車因爲游擊隊的破壞工作，而掉落到河床。二百輛以上的戰車冒起熊熊的火燄，彈藥爆炸。上海市内有對於軍警設施安裝的定時炸彈爆炸，到處都出現暴動。死傷者達二百人以上。

新疆維吾爾地區、西藏等地也開始分離獨立運動的樣子。今天早上在屯駐地的我方部隊遭受猛烈砲彈攻擊。有警官十二人被射殺，三十多人受重傷。還有，四川省成都、雲南省昆明和各主要都市都出現反政府暴動。上海、南京、武漢……總之，都是受到廣東軍獨立宣言刺激的人。」

賀堅上校說明。

秦中將看著中國全圖。

「這是內戰。自從和國民黨作戰以來，真正的內戰開始了。」

「公告全國戒嚴令，實行軍政。」

「這是沒辦法的事情。要停止憲法，直到內戰結束之前，也要中斷改革開放經濟。現在是全力以赴，擊潰分離主義者與民族主義者叛亂的時刻了。對於在背後支援他們的外國勢力也要提出警告。我們將會對支持內戰的外國發動戰爭。」

秦中將對周圍的參謀幕僚們這麼說。參謀幕僚們豎耳傾聽秦中將的指示。

「有必要的話，可以對外國勢力進行核武攻擊。對手不管是美日還是聯合國，都沒有問題。不管使用任何手段，一定要維持中國的民族統一，絕對不允許民族獨立。當然，也不允許臺灣、廣州或東北三省分離獨立。」

秦中將闡述自己的意見。告知緊急事態的紅燈開始亮起。聯絡官從通信室取來電文。

「閣下，接到緊急聯絡。」

聯絡官以緊張的表情遞出電文。秦中將看著電文。

「嗯。這次是香港嗎？」

秦中將輕聲說著。楊上校問道：

「香港怎麼了？」

秦中將默默地將電文交到楊上校的手中。

電文上報告香港打著自由與民主化旗幟的民衆進行大暴動，與屯駐於香港負責鎮壓的人民解放軍部隊發生衝突，出現許多的死傷者。武裝的暴動隊和解放軍之間在市區互相以手槍展開市街戰，而在這樣的事態下，廣東軍部隊開始朝深圳經濟特區集結。

「再這樣下去，恐怕廣東軍會接收香港。」

秦中將看著虛空。

「好。楊上校同志，如此一來絕對不能夠原諒廣東軍和福建軍了。包括在武漢的第三八軍在內，長沙的第二十軍、南昌的第五四軍、進入溫州的第一軍全軍進攻華南，擊潰廣東軍與福建軍。只要擊潰這兩軍，就不再構成威脅了。第二砲兵和空軍轟炸廣東省經濟特區和開放都市，破壞經濟設施。讓廣州的地方主義者瞭解到分離獨立要付出什麼樣的代價。海軍總動員，殲滅南海艦隊。支援香港駐屯軍。大家立刻對於當地部隊進行作戰指導。」

秦中將命令參謀們。而接到命令的楊上校等參謀幕僚們全都散開，剩下賀堅上校詢問秦中將：

「對於臺灣封鎖該怎麼辦？」

「持續進行。」

「但是現在如果持續海上封鎖，今後就必須與美日艦隊直接交戰。這是上策嗎？」

「不用擔心。美日並不具有侵略中國的力量。而且，臺灣國內也會開始行動。現在正是時候。」

秦中將充滿自信地說著。賀堅上校用力點點頭。

（第四部完）

•法律專欄連載• 電腦編號 58

台大法學院 法律學系／策劃
法律服務社／編著

①別讓您的權利睡著了[1]	200元
②別讓您的權利睡著了[2]	200元

•秘傳占卜系列• 電腦編號 14

①手相術	淺野八郎著	150元
②人相術	淺野八郎著	150元
③西洋占星術	淺野八郎著	150元
④中國神奇占卜	淺野八郎著	150元
⑤夢判斷	淺野八郎著	150元
⑥前世、來世占卜	淺野八郎著	150元
⑦法國式血型學	淺野八郎著	150元
⑧靈感、符咒學	淺野八郎著	150元
⑨紙牌占卜學	淺野八郎著	150元
⑩ＥＳＰ超能力占卜	淺野八郎著	150元
⑪猶太數的秘術	淺野八郎著	150元
⑫新心理測驗	淺野八郎著	160元
⑬塔羅牌預言秘法	淺野八郎著	200元

•趣味心理講座• 電腦編號 15

①性格測驗１	探索男與女	淺野八郎著	140元
②性格測驗２	透視人心奧秘	淺野八郎著	140元
③性格測驗３	發現陌生的自己	淺野八郎著	140元
④性格測驗４	發現你的真面目	淺野八郎著	140元
⑤性格測驗５	讓你們吃驚	淺野八郎著	140元
⑥性格測驗６	洞穿心理盲點	淺野八郎著	140元
⑦性格測驗７	探索對方心理	淺野八郎著	140元
⑧性格測驗８	由吃認識自己	淺野八郎著	160元

⑨性格測驗 9	戀愛知多少	淺野八郎著	160元
⑩性格測驗10	由裝扮瞭解人心	淺野八郎著	160元
⑪性格測驗11	敲開內心玄機	淺野八郎著	140元
⑫性格測驗12	透視你的未來	淺野八郎著	160元
⑬血型與你的一生		淺野八郎著	160元
⑭趣味推理遊戲		淺野八郎著	160元
⑮行爲語言解析		淺野八郎著	160元

・婦 幼 天 地・電腦編號16

①八萬人減肥成果	黃靜香譯	180元
②三分鐘減肥體操	楊鴻儒譯	150元
③窈窕淑女美髮秘訣	柯素娥譯	130元
④使妳更迷人	成　玉譯	130元
⑤女性的更年期	官舒妍編譯	160元
⑥胎內育兒法	李玉瓊編譯	150元
⑦早產兒袋鼠式護理	唐岱蘭譯	200元
⑧初次懷孕與生產	婦幼天地編譯組	180元
⑨初次育兒12個月	婦幼天地編譯組	180元
⑩斷乳食與幼兒食	婦幼天地編譯組	180元
⑪培養幼兒能力與性向	婦幼天地編譯組	180元
⑫培養幼兒創造力的玩具與遊戲	婦幼天地編譯組	180元
⑬幼兒的症狀與疾病	婦幼天地編譯組	180元
⑭腿部苗條健美法	婦幼天地編譯組	180元
⑮女性腰痛別忽視	婦幼天地編譯組	150元
⑯舒展身心體操術	李玉瓊編譯	130元
⑰三分鐘臉部體操	趙薇妮著	160元
⑱生動的笑容表情術	趙薇妮著	160元
⑲心曠神怡減肥法	川津祐介著	130元
⑳內衣使妳更美麗	陳玄茹譯	130元
㉑瑜伽美姿美容	黃靜香編著	180元
㉒高雅女性裝扮學	陳珮玲譯	180元
㉓蠶糞肌膚美顏法	坂梨秀子著	160元
㉔認識妳的身體	李玉瓊譯	160元
㉕產後恢復苗條體態	居理安・芙萊喬著	200元
㉖正確護髮美容法	山崎伊久江著	180元
㉗安琪拉美姿養生學	安琪拉蘭斯博瑞著	180元
㉘女體性醫學剖析	增田豐著	220元
㉙懷孕與生產剖析	岡部綾子著	180元
㉚斷奶後的健康育兒	東城百合子著	220元
㉛引出孩子幹勁的責罵藝術	多湖輝著	170元

㉜培養孩子獨立的藝術	多湖輝著	170元
㉝子宮肌瘤與卵巢囊腫	陳秀琳編著	180元
㉞下半身減肥法	納他夏・史達賓著	180元
㉟女性自然美容法	吳雅菁編著	180元
㊱再也不發胖	池園悅太郎著	170元
㊲生男生女控制術	中垣勝裕著	220元
㊳使妳的肌膚更亮麗	楊　皓編著	170元
㊴臉部輪廓變美	芝崎義夫著	180元
㊵斑點、皺紋自己治療	高須克彌著	180元
㊶面皰自己治療	伊藤雄康著	180元
㊷隨心所欲瘦身冥想法	原久子著	180元
㊸胎兒革命	鈴木丈織著	180元
㊹NS磁氣平衡法塑造窈窕奇蹟	古屋和江著	180元
㊺享瘦從腳開始	山田陽子著	180元
㊻小改變瘦4公斤	宮本裕子著	180元

・青 春 天 地・電腦編號17

①A血型與星座	柯素娥編譯	160元
②B血型與星座	柯素娥編譯	160元
③O血型與星座	柯素娥編譯	160元
④AB血型與星座	柯素娥編譯	120元
⑤青春期性教室	呂貴嵐編譯	130元
⑥事半功倍讀書法	王毅希編譯	150元
⑦難解數學破題	宋釗宜編譯	130元
⑧速算解題技巧	宋釗宜編譯	130元
⑨小論文寫作秘訣	林顯茂編譯	120元
⑪中學生野外遊戲	熊谷康編著	120元
⑫恐怖極短篇	柯素娥編譯	130元
⑬恐怖夜話	小毛驢編譯	130元
⑭恐怖幽默短篇	小毛驢編譯	120元
⑮黑色幽默短篇	小毛驢編譯	120元
⑯靈異怪談	小毛驢編譯	130元
⑰錯覺遊戲	小毛驢編譯	130元
⑱整人遊戲	小毛驢編著	150元
⑲有趣的超常識	柯素娥編譯	130元
⑳哦！原來如此	林慶旺編譯	130元
㉑趣味競賽100種	劉名揚編譯	120元
㉒數學謎題入門	宋釗宜編譯	150元
㉓數學謎題解析	宋釗宜編譯	150元
㉔透視男女心理	林慶旺編譯	120元

㉕少女情懷的自白	李桂蘭編譯	120元
㉖由兄弟姊妹看命運	李玉瓊編譯	130元
㉗趣味的科學魔術	林慶旺編譯	150元
㉘趣味的心理實驗室	李燕玲編譯	150元
㉙愛與性心理測驗	小毛驢編譯	130元
㉚刑案推理解謎	小毛驢編譯	130元
㉛偵探常識推理	小毛驢編譯	130元
㉜偵探常識解謎	小毛驢編譯	130元
㉝偵探推理遊戲	小毛驢編譯	130元
㉞趣味的超魔術	廖玉山編著	150元
㉟趣味的珍奇發明	柯素娥編著	150元
㊱登山用具與技巧	陳瑞菊編著	150元

・健康天地・電腦編號 18

①壓力的預防與治療	柯素娥編譯	130元
②超科學氣的魔力	柯素娥編譯	130元
③尿療法治病的神奇	中尾良一著	130元
④鐵證如山的尿療法奇蹟	廖玉山譯	120元
⑤一日斷食健康法	葉慈容編譯	150元
⑥胃部強健法	陳炳崑譯	120元
⑦癌症早期檢查法	廖松濤譯	160元
⑧老人痴呆症防止法	柯素娥編譯	130元
⑨松葉汁健康飲料	陳麗芬編譯	130元
⑩揉肚臍健康法	永井秋夫著	150元
⑪過勞死、猝死的預防	卓秀貞編譯	130元
⑫高血壓治療與飲食	藤山順豐著	150元
⑬老人看護指南	柯素娥編譯	150元
⑭美容外科淺談	楊啟宏著	150元
⑮美容外科新境界	楊啟宏著	150元
⑯鹽是天然的醫生	西英司郎著	140元
⑰年輕十歲不是夢	梁瑞麟譯	200元
⑱茶料理治百病	桑野和民著	180元
⑲綠茶治病寶典	桑野和民著	150元
⑳杜仲茶養顏減肥法	西田博著	150元
㉑蜂膠驚人療效	瀨長良三郎著	180元
㉒蜂膠治百病	瀨長良三郎著	180元
㉓醫藥與生活	鄭炳全著	180元
㉔鈣長生寶典	落合敏著	180元
㉕大蒜長生寶典	木下繁太郎著	160元
㉖居家自我健康檢查	石川恭三著	160元

㉗永恒的健康人生	李秀鈴譯	200元
㉘大豆卵磷脂長生寶典	劉雪卿譯	150元
㉙芳香療法	梁艾琳譯	160元
㉚醋長生寶典	柯素娥譯	180元
㉛從星座透視健康	席拉・吉蒂斯著	180元
㉜愉悅自在保健學	野本二士夫著	160元
㉝裸睡健康法	丸山淳士等著	160元
㉞糖尿病預防與治療	藤田順豐著	180元
㉟維他命長生寶典	菅原明子著	180元
㊱維他命C新效果	鐘文訓編	150元
㊲手、腳病理按摩	堤芳朗著	160元
㊳AIDS瞭解與預防	彼得塔歇爾著	180元
㊴甲殼質殼聚糖健康法	沈永嘉譯	160元
㊵神經痛預防與治療	木下眞男著	160元
㊶室內身體鍛鍊法	陳炳崑編著	160元
㊷吃出健康藥膳	劉大器編著	180元
㊸自我指壓術	蘇燕謀編著	160元
㊹紅蘿蔔汁斷食療法	李玉瓊編著	150元
㊺洗心術健康秘法	竺翠萍編譯	170元
㊻枇杷葉健康療法	柯素娥編譯	180元
㊼抗衰血癒	楊啟宏著	180元
㊽與癌搏鬥記	逸見政孝著	180元
㊾冬蟲夏草長生寶典	高橋義博著	170元
㊿痔瘡・大腸疾病先端療法	宮島伸宜著	180元
51膠布治癒頑固慢性病	加瀨建造著	180元
52芝麻神奇健康法	小林貞作著	170元
53香煙能防止癡呆？	高田明和著	180元
54穀菜食治癌療法	佐藤成志著	180元
55貼藥健康法	松原英多著	180元
56克服癌症調和道呼吸法	帶津良一著	180元
57Ｂ型肝炎預防與治療	野村喜重郎著	180元
58青春永駐養生導引術	早島正雄著	180元
59改變呼吸法創造健康	原久子著	180元
60荷爾蒙平衡養生秘訣	出村博著	180元
61水美肌健康法	井戶勝富著	170元
62認識食物掌握健康	廖梅珠編著	170元
63痛風劇痛消除法	鈴木吉彥著	180元
64酸莖菌驚人療效	上田明彥著	180元
65大豆卵磷脂治現代病	神津健一著	200元
66時辰療法——危險時刻凌晨4時	呂建強等著	180元
67自然治癒力提升法	帶津良一著	180元

㊳巧妙的氣保健法	藤平墨子著	180元
㊴治癒C型肝炎	熊田博光著	180元
㊵肝臟病預防與治療	劉名揚編著	180元
㉑腰痛平衡療法	荒井政信著	180元
㉒根治多汗症、狐臭	稻葉益巳著	220元
㉓40歲以後的骨質疏鬆症	沈永嘉譯	180元
㉔認識中藥	松下一成著	180元
㉕認識氣的科學	佐佐木茂美著	180元
㉖我戰勝了癌症	安田伸著	180元
㉗斑點是身心的危險信號	中野進著	180元
㉘艾波拉病毒大震撼	玉川重德著	180元
㉙重新還我黑髮	桑名隆一郎著	180元
㉚身體節律與健康	林博史著	180元
㉛生薑治萬病	石原結實著	180元
㉜靈芝治百病	陳瑞東著	180元
㉝木炭驚人的威力	大槻彰著	200元
㉞認識活性氧	井土貴司著	180元
㉟深海鮫治百病	廖玉山編著	180元
㊱神奇的蜂王乳	井上丹治著	180元

・實用女性學講座・電腦編號 19

①解讀女性內心世界	島田一男著	150元
②塑造成熟的女性	島田一男著	150元
③女性整體裝扮學	黃靜香編著	180元
④女性應對禮儀	黃靜香編著	180元
⑤女性婚前必修	小野十傳著	200元
⑥徹底瞭解女人	田口二州著	180元
⑦拆穿女性謊言88招	島田一男著	200元
⑧解讀女人心	島田一男著	200元
⑨俘獲女性絕招	志賀貢著	200元

・校 園 系 列・電腦編號 20

①讀書集中術	多湖輝著	150元
②應考的訣竅	多湖輝著	150元
③輕鬆讀書贏得聯考	多湖輝著	150元
④讀書記憶秘訣	多湖輝著	150元
⑤視力恢復！超速讀術	江錦雲譯	180元
⑥讀書36計	黃柏松編著	180元
⑦驚人的速讀術	鐘文訓編著	170元

⑧學生課業輔導良方	多湖輝著	180元
⑨超速讀超記憶法	廖松濤編著	180元
⑩速算解題技巧	宋釗宜編著	200元
⑪看圖學英文	陳炳崑編著	200元

•實用心理學講座•電腦編號 21

①拆穿欺騙伎倆	多湖輝著	140元
②創造好構想	多湖輝著	140元
③面對面心理術	多湖輝著	160元
④偽裝心理術	多湖輝著	140元
⑤透視人性弱點	多湖輝著	140元
⑥自我表現術	多湖輝著	180元
⑦不可思議的人性心理	多湖輝著	180元
⑧催眠術入門	多湖輝著	150元
⑨責罵部屬的藝術	多湖輝著	150元
⑩精神力	多湖輝著	150元
⑪厚黑說服術	多湖輝著	150元
⑫集中力	多湖輝著	150元
⑬構想力	多湖輝著	150元
⑭深層心理術	多湖輝著	160元
⑮深層語言術	多湖輝著	160元
⑯深層說服術	多湖輝著	180元
⑰掌握潛在心理	多湖輝著	160元
⑱洞悉心理陷阱	多湖輝著	180元
⑲解讀金錢心理	多湖輝著	180元
⑳拆穿語言圈套	多湖輝著	180元
㉑語言的內心玄機	多湖輝著	180元
㉒積極力	多湖輝著	180元

•超現實心理講座•電腦編號 22

①超意識覺醒法	詹蔚芬編譯	130元
②護摩秘法與人生	劉名揚編譯	130元
③秘法！超級仙術入門	陸　明譯	150元
④給地球人的訊息	柯素娥編著	150元
⑤密教的神通力	劉名揚編著	130元
⑥神秘奇妙的世界	平川陽一著	180元
⑦地球文明的超革命	吳秋嬌譯	200元
⑧力量石的秘密	吳秋嬌譯	180元
⑨超能力的靈異世界	馬小莉譯	200元

⑩逃離地球毀滅的命運	吳秋嬌譯	200元
⑪宇宙與地球終結之謎	南山宏著	200元
⑫驚世奇功揭秘	傅起鳳著	200元
⑬啟發身心潛力心象訓練法	栗田昌裕著	180元
⑭仙道術遁甲法	高藤聰一郎著	220元
⑮神通力的秘密	中岡俊哉著	180元
⑯仙人成仙術	高藤聰一郎著	200元
⑰仙道符咒氣功法	高藤聰一郎著	220元
⑱仙道風水術尋龍法	高藤聰一郎著	200元
⑲仙道奇蹟超幻像	高藤聰一郎著	200元
⑳仙道鍊金術房中法	高藤聰一郎著	200元
㉑奇蹟超醫療治癒難病	深野一幸著	220元
㉒揭開月球的神秘力量	超科學研究會	180元
㉓西藏密教奧義	高藤聰一郎著	250元
㉔改變你的夢術入門	高藤聰一郎著	250元

・養 生 保 健・電腦編號 23

①醫療養生氣功	黃孝寬著	250元
②中國氣功圖譜	余功保著	230元
③少林醫療氣功精粹	井玉蘭著	250元
④龍形實用氣功	吳大才等著	220元
⑤魚戲增視強身氣功	宮　嬰著	220元
⑥嚴新氣功	前新培金著	250元
⑦道家玄牝氣功	張　章著	200元
⑧仙家秘傳袪病功	李遠國著	160元
⑨少林十大健身功	秦慶豐著	180元
⑩中國自控氣功	張明武著	250元
⑪醫療防癌氣功	黃孝寬著	250元
⑫醫療強身氣功	黃孝寬著	250元
⑬醫療點穴氣功	黃孝寬著	250元
⑭中國八卦如意功	趙維漢著	180元
⑮正宗馬禮堂養氣功	馬禮堂著	420元
⑯秘傳道家筋經內丹功	王慶餘著	280元
⑰三元開慧功	辛桂林著	250元
⑱防癌治癌新氣功	郭　林著	180元
⑲禪定與佛家氣功修煉	劉天君著	200元
⑳顛倒之術	梅自強著	360元
㉑簡明氣功辭典	吳家駿編	360元
㉒八卦三合功	張全亮著	230元
㉓朱砂掌健身養生功	楊　永著	250元

㉔抗老功　陳九鶴著　230元

・社會人智囊・電腦編號 24

①糾紛談判術	清水增三著	160元
②創造關鍵術	淺野八郎著	150元
③觀人術	淺野八郎著	180元
④應急詭辯術	廖英迪編著	160元
⑤天才家學習術	木原武一著	160元
⑥猫型狗式鑑人術	淺野八郎著	180元
⑦逆轉運掌握術	淺野八郎著	180元
⑧人際圓融術	澀谷昌三著	160元
⑨解讀人心術	淺野八郎著	180元
⑩與上司水乳交融術	秋元隆司著	180元
⑪男女心態定律	小田晉著	180元
⑫幽默說話術	林振輝編著	200元
⑬人能信賴幾分	淺野八郎著	180元
⑭我一定能成功	李玉瓊譯	180元
⑮獻給青年的嘉言	陳蒼杰譯	180元
⑯知人、知面、知其心	林振輝編著	180元
⑰塑造堅強的個性	坂上肇著	180元
⑱爲自己而活	佐藤綾子著	180元
⑲未來十年與愉快生活有約	船井幸雄著	180元
⑳超級銷售話術	杜秀卿譯	180元
㉑感性培育術	黃靜香編著	180元
㉒公司新鮮人的禮儀規範	蔡媛惠譯	180元
㉓傑出職員鍛鍊術	佐佐木正著	180元
㉔面談獲勝戰略	李芳黛譯	180元
㉕金玉良言撼人心	森純大著	180元
㉖男女幽默趣典	劉華亭編著	180元
㉗機智說話術	劉華亭編著	180元
㉘心理諮商室	柯素娥譯	180元
㉙如何在公司崢嶸頭角	佐佐木正著	180元
㉚機智應對術	李玉瓊編著	200元
㉛克服低潮良方	坂野雄二著	180元
㉜智慧型說話技巧	沈永嘉編著	180元
㉝記憶力、集中力增進術	廖松濤編著	180元
㉞女職員培育術	林慶旺編著	180元
㉟自我介紹與社交禮儀	柯素娥編著	180元
㊱積極生活創幸福	田中真澄著	180元
㊲妙點子超構想	多湖輝著	180元

國家圖書館出版品預行編目資料

中國分裂　新・中國-日本戰爭(四)/森詠著；林雅倩譯
——初版，——臺北市，大展，民87
面；21公分，——（精選系列；16）
譯自：新・日本中國戰爭（第四部）中國分裂
ISBN 957-557-798-1（平裝）

861.57　　87001616

First published in Japan in 1996 by Gakken Co., Ltd.
Chinese translation rights arranged with Gakken Co., Ltd.
through Japan Foreign-Rights Centre/Keio Cultural Enterprise Co., Ltd.

版權仲介：京王文化事業有限公司

中國分裂　新・中國－日本戰爭(四)　ISBN 957-557-798-1

原著者/森　詠
編著者/林雅倩
發行人/蔡森明
出版者/大展出版社有限公司
社　址/台北市北投區（石牌）致遠一路2段12巷1號
電　話/（02）28236031・28236033
傳　真/（02）28272069
郵政劃撥/0166955-1
登記證/局版臺業字第2171號
承印者/國順圖書印刷公司
裝　訂/嶸興裝訂所限公司
排版者/弘益電腦排版有限公司
電　話/（02）27403609・27112792
初版1刷/1998年（民87年）3月

定　價/220元

大展好書 好書大展

大展好書 好書大展